Contents

大当たり令嬢は二度目の人生を謳歌する

～死にたくないので百億マニーを手に隣国へ逃亡します～

◇プロローグ

――寒い。

――苦しい。

――お腹が空きすぎて痛い。

薄暗くて生臭い監獄の中。

一人の少女が、膝を抱えてあらゆる苦痛に晒《さら》されている。

少女は、もう死んでいるのではと見紛う容相をしていた。

腰まで伸ばしっぱなしの髪はくすんだ赤色で見るからに傷んでいる。元々栄養失調気味だった身体は、投獄されて水しか与えられなくなったので、腕も脚も骨のように細い。

十六歳という年齢からして本来は瑞々《みずみず》しいはずの肌はガサガサ。

頬はこけ、目は一切の光を宿していなかった。罪を犯した者に着せられるぼろ切れを身に纏《まと》った少女――それが、リンドベル伯爵家の令嬢リリアだった。

(ここに入れられて……どのくらい、だろう……?)

回っていない頭で考えると、もう三日くらいになると思い至る。

その間、リリアが口にしたのは異臭がする水のみで、固形物は一切与えられていない。

投獄される前から栄養失調気味だった身体は、すでに限界だった。

「いいザマですわね、お姉さま」

不意に、嘲笑《あざわら》う声が鼓膜を叩く。力なく顔を上げると、鉄格子越しに一人の少女――リリアの妹、マリンが立っていた。陶器のように白く健康的な肌に、艶やかで長いブロンドヘア。

小柄な体躯と、小動物のようなくりっとした顔立ちは社交界で〝天使のよう〟と評判だ。

豪華なドレスを身に纏っており、いかにも貴族の令嬢といった風貌だった。

死体同然のリリアとは正反対の妹、それがマリンだった。

「ごきげんよう、お姉さま。随分とスリムになりましたわね？」

くすくすと笑うマリン。何をしに来たの、と言葉にする気力すら湧かなくて、リリアはマリンをじっと見つめる。

「そんな隅っこで縮こまってないで、こちらに寄ってきてくださいまし。今日はお姉さまに、いいものを持ってきましたの」

そう言ってマリンは、ポケットから掌《てのひら》サイズの何かを取り出した。

（パン……）

空腹が限界を超えていたリリアは、マリンが持つそれが一切れのパンであることに気づく。

舌裏から唾液が溢《あふ》れ、胃がきゅうううっと縮む。生存本能の赴くまま、リリアは力の入らない身体をなんとか動かして、マリンの下に這いずり寄り――。

ぐしゃっ!!

「ぁ……」

パンが、命を繋ぐ食べ物が、マリンのブーツによって踏み潰された。

それからぐりぐりと、踏みにじられる。

ブーツがどかされた後、パンは見るも無惨な姿になっていた。

「ふふふ……ふふふっ……」

甲高い笑い声が牢獄に響き渡った。

「あははは っ!! あーっはっはっはははははははははは!! まさか食べさせてもらえると思ったの!? ほんと馬鹿! ほんと単純! だからこんなことになるの!」

お腹を抱えて、心底おかしそうにマリンは笑う。リリアを見下す双眼は、自分よりも下等な生物に向けるそれだった。頭にキンキンとマリンの笑い声が響く。

(ああ……)

わかっていたことじゃないかと、リリアは己の想像力の足りなさに嫌気が差す。マリンはずっとそうだった。今まで、マリンの言動がリリアにとっていい方向に働いたことなど一度もない。

頭に栄養がいっていなくて、そんな当たり前のことも忘れてしまったらしい。

「あー、面白かった。最後に私を笑わせてくれたのは、少しだけ感謝しますわ。少しだけ、ね」

マリンが踵《きびす》を返す。

「それではご機嫌よう、お姉さま。せいぜい、残り僅《わず》かな人生を楽しんでくださいまし」

コツコツとブーツの音を響かせて、マリンは立ち去っていった。

一人残されてから、リリアはとうとう動けなくなった。

まだ、希望があるかもしれない。判決が覆《くつがえ》るか、神様が気まぐれで助けてくれるか、ほんの少しの確率でもここから出られるかもしれない。

そう自分に言い聞かせて保っていた心は、マリンのせいでぽっきり折れてしまった。

(あ、だめ……)

身体を支える力すら失って、リリアは倒れ込む。

何も敷かれていない石畳の床は硬く、ひんやりと冷たい。

その冷たさがじわじわと、身体中に広がっていく感覚。

死がすぐそばまで来ていることを、リリアは悟った。

(もし、次の人生があるのなら……)

マリンに踏み潰され、黒ずみひしゃげたパンが少しずつぼやけていく。

「せめて、普通にパンを……」

それが、リリアの最期の言葉だった。望まれない子として生まれたリリアは、最後まで誰にも愛されず、ひとりぼっちで監獄の中で飢えて死んだ。

十六年という短い人生だった。

◇第一章　国外逃亡

リリア・リンドベルは望まれない子だった。

父はハルーア王国の落ち目貴族リンドベル伯爵家の当主フィリップ。元々子爵家の出だったが、陞爵《しょうしゃく》するべくグランモア伯爵家のナタリーと政略結婚をした。

フィリップは事務的に交わされた結婚に後ろ向きで、ナタリーとの結婚生活はうまくいっていなかった。容貌があまり好みではないナタリーとの夜の営みもほとんど行わず、欲を持て余したフィリップは街に繰り出し娼婦と一夜の過《あやま》ちを犯してしまう。

その娼婦から生まれた子供が、リリアだった。

娼婦はお金がなくて育てられないと、リリアを屋敷の前に放置して行方をくらませた。

——事の経緯を記載した手紙付きで。

当然ナタリーは激昂《げっこう》し、フィリップに連日厳しい非難を向ける。

血統至上主義の風潮が強いハルーア王国において、フィリップの方から平民、しかも娼婦に手を出して子を成したとなれば最悪の外聞だ。この一件によって、フィリップは屋敷内での発言力を失う。扱いに困ったのはリリアの方だった。

結果的に、リリアは腐ってもフィリップの血を受け継いでいるし、子に罪はないとして屋敷に引き取られることになった。

しかしほどなくしてナタリーの妊娠も発覚し、妹マリンが誕生する。

すぐにリリアの居場所はなくなってしまった。平民の血が入った不貞の子として、まず離れに隔離された。どこの馬の骨かわからない娼婦との間にできた子など、プライドの高いナタリーにとって視界に入るだけで許せない存在であった。

屋敷の人間は皆、リリアの敵になった。

食事は最低限しか与えられず、服装もドレスどころか平民の服ですらないただのぼろ切れ。ナタリーからも使用人からも虐待を受け、日に日に痣《あざ》が増えていく。

そんなリリアを、フィリップは見て見ぬふり。リリアの境遇に同情した、たった一人の使用人だけが味方になってくれ守ってくれたが、彼女も所詮平民でやれることは限られている。

そんな状態のリリアに対し妹マリンは、これでもかと甘やかされて育った。

フィリップが娼婦との不貞をなかったことにしようと溺愛するのは自然の流れといえよう。

結果、大層我儘《わがまま》に育っていったマリンも、姉の置かれた立場を理解する歳になる頃には石を投げる側に回り、リリアはますます身体の痣を増やしていった。

そして六歳を迎えた頃には、リリアは使用人と同じように働かされるようになる。

使用人たちはリリアに仕事を押しつけ、ボロ雑巾のようになるまで働かせた。

娼婦との不貞で生まれた子など、使用人たちにとってはいいストレスの捌け口であった。リリアの唯一の味方だった使用人は、この時期にナタリーの反感を買ってしまい屋敷を追放されてしまう。

こうしてリリアは一層、使用人にこき使われる日々を過ごすことになった。

一方のマリンはすくすくと育ち、華々しくデビュタントを済ませた。

美しい容貌で生まれたマリンは社交界で蝶よ花よと育てられ、たくさんの貴公子から婚約の申し込みを受け、名門と名高いアークレイ侯爵家の令息テオドールと恋に落ちた。

テオドールとの関係を、フィリップもナタリーも大いに歓迎した。

ちょうどリンドベル家は例年の不作と、ナタリーとマリンの散財で財政が破綻しかけていた。

マリンとテオドールが結婚し、アークレイ侯爵家と身内になれば資金援助をしてもらえるとフィリップは考えていた。

ここまではよかった。問題はここからだった。アークレイ侯爵家の当主は血統を重んじる主義で、平民の、しかも娼婦の産んだ子であるリリアが家系図の一員になることを決して許さなかった。

リリアがいる限り、マリンとテオドールの婚約を絶対に許すことはないと宣言し、二人の関係は破局の方向へと進んだ。

マリンはテオドールを心から愛していた。故に、リリアを心から憎んだ。

連日、リリアに暴力を振るい、嫌がらせをすることで気を晴らそうとしたが、それで状況が変わるわけではない。姉さえいなければと憎しみに駆られたマリンは、リリアを亡き者にすることで婚約を実現させようと考えた。

リリアが死んでしまえば、アークレイ侯爵もテオドールとの婚約を許してくれる。

そう考えたマリンは、フィリップとナタリーと共謀し、策略を巡らせた。

ある日、マリンの食事に毒物が混入される事件が発生。

その毒物と同じものが、リリアの部屋から発見される。リリアが妹を毒殺しようとした犯人であると家中でささやかれ、疑いの目が彼女に向けられた。当然リリアは身に覚えがなく困惑し、自分ではないと必死に主張したが、誰も聞く耳を持たなかった。当然だ。フィリップが使用人や裁判官に賄賂《わいろ》を渡し、必ずリリアが有罪になるよう根回ししていたから。

こうして、リリアは裁判にかけられる。ハルーア王国では、身内殺しは未遂であっても重罪。彼女に下された判決は『餓死刑』。

水しか与えられず、じわじわと衰弱させられる刑であった。

こうして、冤罪《えんざい》で罰せられたリリアは投獄される。

何が何やらわからず、囚われの身になったリリアが全ての事情を知ったのは、初めて面会に来たマリンが得意げに自分の策略であることを明かしたからだ。

「お母さまも、お父さまも、屋敷で働く使用人たちも、みーんなお姉さまの敵！　今更お姉さまが何をしようが、結末は変わらなくてよ！」

全ての計画がうまくいって笑いが止まらないマリンに対し、リリアは呆然《ぼうぜん》としていた。

薄々そんな予感がしてはいた。だが、まさか本当に家族が自分を亡き者にしようと動いていたとは……リリアの絶望は計り知れなかった。

とはいえ今更悔やんでも絶望しても、マリンの言う通り結末は変わらない。

元々極度の栄養失調だったリリアは、投獄三日目にして衰弱し、呆気なく死んだ。

……はずだった。

◇◇◇

「…………はっ!!」

リリアは飛び起きた。心臓が掴まれたように痛い。シャツが汗びっしょりで気持ち悪い。

浅い息を繰り返しながら、ぎこちなく辺りを見回す。

「ここは……天国?」

天国は、生前に暮らしていた離れによく似ていた。

簡素なベッド、ボロボロの机、脚が壊れた椅子くらいしかない部屋。

ヒビが入った窓ガラスからは、眩《まぶ》しい陽の光が差し込んでいる。

壁は擦っても落ちない汚れにまみれ、天井には蜘蛛《くも》の巣。

どう見ても困窮した平民が住むような部屋であった。

「ううん、違う……」

鼻腔をツンと刺激するカビと埃《ほこり》の臭い。

それによって、ぼんやりとしていた思考力がようやく戻ってきて、確信する。

「ここは、離れだわ……でもどうして？　私、死んだはずじゃ……？」

混乱の言葉を漏らしながら、ペタペタと身体を触る。

相変わらず骨のように細いが、牢獄にいた時よりも幾分か肉付きがいいように感じる自分の身体。

身につけているのも、唯一与えられたペラペラに薄い衣服。

試しに頬を引っ張ってみると、確かな痛みがあった。

少なくとも、現実であることは確かなようだった。

「何が一体、どうなっているの……？」

マリンとテオドールの結婚を実現するため。そしてアークレイ侯爵家からの資金援助を受けるために、自分はマリンを含め家族に騙《だま》され、餓死刑に処されたはずだ。

（なのに私は……生きている……）

ひとまず、リリアはベッドから降りる。

そして擦り切れた靴を履いた後、リリアはふらふらと離れを出た。

◇◇◇

リンドベル伯爵家は地方に領地を与えられた貴族だが、家族は田舎暮らしを嫌い、王都の屋敷に住んでいる。リリアもその屋敷に住んでいるものの割り振られた住居はオンボロの離れで、普段は使用人同然の生活をしている。そんなリリアは洗濯場にやってきた。

ここでは、使用人たちがシーツや服などを洗っている。

「はあ？　今日は何日だって？　アンタ何言ってんの!?」

「ご、ごめんなさい、セシルさん。でも、どうしても確かめたくて……」

家政婦長に怒鳴られ萎縮しながらも、リリアは言葉を続ける。どう見ても、貴族と使用人とのやりとりではないが、この力関係が屋敷内での普通だった。ビクビクと震えるリリアを、家政婦長セシルは憂さ晴らしと言わんばかりに洗っていたタオルで叩いた。

「あうっ……」

水を吸ったタオルは思ったよりも重く、リリアの身体は地面に伏してしまう。

そんなリリアを見下ろしながら、セシルは吐き捨てるように言った。

「今日は十月十二日だよ！　覚えておきなウスノロ！」

「十月、十二日……」

「アンタ記憶力だけはいいんでしょう？　血や顔だけじゃなくて、ついに頭まで悪くなってしまったのかい？」

セシルの馬鹿にするような言葉に、他の使用人たちがクスクスと笑う。

いつもなら心を無にして聞き流すところだが、リリアはそれどころではなかった。

（十月十二日……）

セシルは口にした日付を、頭の中で反芻《はんすう》していた。

「ほら！　ぼさっとしている暇があるなら、ティータイムに出す茶菓子でも買ってきな！　今すぐに！」

セシルはバスケットと食材のメモをバシッとリリアに投げつけた。

本来は自分の仕事であるお使いをリリアに押しつける。これも、いつものことであった。

「は、はいっ……わかりました！」

十六年という長い年月をかけて、人からの命令に無条件で従うようになったリリアは、バスケットを手に、洗濯場を後にした。

◇◇◇

洗濯場を後にしてからすぐに、リリアは仕事部屋へ向かった。

（最初からここに来るべきだったわね……）

いつもの習慣で洗濯場へ足を運んだが、お陰でセシルに頬を打たれてしまった。

小さく埃っぽい屋根裏部屋に足を踏み入れる。

そこが、リリアにあてがわれた仕事部屋であった。

リリアには、一度見たものを忘れないという特殊能力があった。元々頭の回転が速い方で、見たもの全てを記憶するリリアの能力をマリンやナタリーは気持ち悪がったが、フィリップは違った。

リリアのその能力に目をつけ、十二歳の時にこの仕事部屋を与え屋敷の収支や領地経営の細々とした事務処理などの雑務をさせるようになった。

その仕事部屋に、領地経営の情報のひとつとして毎朝新聞が届く。

リリアはその新聞を確認して、日付が十月十二日であることをこの目で確かめた。

「時間が、二週間も巻き戻っている……？」

念の為、日付以外の記事も確認する。

「フラニア共和国からの赤ワイン輸入解禁、宰相と踊り子との不倫疑惑、入国審査官の賄賂問題……」

どれも、リリアが二週間前に見た記事だった。仕事場を出て、屋敷の廊下を歩きながらリリアは呟《つぶや》く。神の気まぐれか、奇跡が起こったのか。

牢獄の中で意識を失って（おそらく死んで）、二週間前に戻っていた。

「ううん、違う。さっきから私は、何を言ってるの？」

ぴたりと立ち止まって、リリアは頭を振る。

「そもそも時間が巻き戻るなんて、あり得ないわ」

リリアは乾いた笑い声を漏らす。

「あれは、悪い夢。うん、きっとそうに違いないわ」

そう、リリアは自分に言い聞かせた。

……心のどこかで、リリアは否定したかったのかもしれない。

家族から罪を着せられて、自分が冤罪で死刑に至るという事実を。

「あら、お出かけ？」

背後からかけられたその声に、リリアは肩を震わせた。恐る恐る、振り向く。

「……ナタリー、さま」

気弱そうなリリアとは違い、女性はいかにも気が強くプライドも高そうだった。

臙脂《えんじ》色の煌《きら》びやかなドレスに、ギラギラと輝く宝石のネックレスや指輪。

双眸《そうぼう》に宿る光は誰に対しても優越感を抱いているように強い。

リリアとは系統の違う顔立ちと、年齢を感じさせる細かい皺を誤魔化《ごまか》す厚化粧からは、鼻がツンとするような匂いが放たれている。

リリアの継母にしてマリンの実母、ナタリーであった。

慌ててリリアは頭を下げた。

そんなリリアの頬を、ナタリーは思い切り扇子《せんす》で叩く。

「うぁっ……」

頬を押さえよろめくリリアに、ナタリーは蹴りを放った。

床に倒れたリリアを、ナタリーは何度も踏みつけながら声を荒らげた。

「出かけるのかと聞いているの！　さっさと答えなさい！」

「も、申し訳……申し訳ございません！　ティータイムで出すお茶菓子が切れているとのことで、今から買いに行くところです……!!」

必死に声を上げるも、ナタリーの折檻《せっかん》は続く。リリアは必死に痛みに耐えるしかなかった。

しばらくして、気が済んだとばかりにナタリーは鼻を鳴らして言う。

「平民のくせに、私の時間を無駄にした罰よ。このくらいで済んだことをありがたく思いなさい」

「は、い……ありがとうございます、ナタリーさま」

痛みで痺れる身体をなんとか動かし、ぎこちない笑みを浮かべてリリアは言う。ここで丁寧な感謝の言葉を口にしないと、さらなる暴力が待ち受けていることはこれまでの経験から学んでいる。

そんなリリアをつまらなそうに見下ろしてから、ナタリーは吐き捨てるように言う。

「さっさと行きなさい」

「は、はいっ、失礼します……」

よろめきながら玄関へ向かうリリアの背中に、ナタリーは言葉を投げかけた。

「せいぜい、楽しむことね」

「……!!」

――せいぜい、楽しむことね。

頭の中で声が響く。同時に映像も。全く同じ言葉を、二週間前にナタリーに言われた。

あの日もリリアはセシルに使いを押しつけられ、ナタリーと出くわした。

それから折檻を受け、先ほどの言葉をかけられた。

今なら、この言葉の意味がわかる。

わかってしまう。ナタリーも、マリンと共謀した一人だ。

つまり先ほどの言葉には、次のような意味が込められている。

――(あと少しでアンタは死ぬんだから) せいぜい、楽しむことね。

ぞわりと、リリアの身体から血の気が引いた。

「全部、夢……ううん、違う……」

覚えている。マリンの高笑いも。踏み潰され黒ずんだパンも。空腹で胃袋が張りつく痛みも。

全部、全部、覚えている。

「嫌だ……」

くの字に曲がった自分の身体を抱きしめ、カタカタと震える。

記憶によると、自分はあと三日後に捕《と》らえられる。マリンを毒殺しようとした罪ですぐさま裁判にかけられ、数日もしないうちに餓死刑の判決が下るのだ。

「逃げなきゃ……」

ぽつりと、リリアは呟いた。

あの絶望を、苦痛を、もう一度味わうなんて死んでもごめんだった。

死の運命から逃れるべく、リリアは屋敷を飛び出した。

◇◇◇

「はっ……はっ……」

リリアは走っていた。ハルーア王国の王都、マニルの街を全力で走っていた。

もう二度と屋敷に戻るつもりはなかった。できるだけ遠く屋敷から離れたかった。

数時間もすれば、リリアがいつまで経《た》っても帰ってこないことにセシルは激昂するだろう。

家族にも報告され、捜索が出されるのも時間の問題だ。

だがこのまま屋敷にいたら未来の通りに囚われ、牢獄の中で死よりも辛《つら》い苦痛が待っている。

途中で捕まるかもしれないと思っていても、一縷《いちる》の望みにかける他なかった。

しかし、リリアの疾走は長くは続かなかった。

「はーっ、はーっ……」

普段粗末なものしか食べていない上に、運動の習慣もないリリアの息はすぐに上がってしまった。

商業地区のとある一角にあったベンチに、リリアはへたり込む。

息を整えて冷静になってから、これからどうするべきかと考える。

「とりあえず、遠くへ行かないと……」

逃げると決めたからには、捕まるわけにはいかない。

欲を言えば国外に、最低でも王都を出て身を隠さなければいけない。

とはいえ自分の足だけだと限界がある。もう随分と走った気がするが、屋敷からはそう離れていない。引き続き移動するとしても、遠からず捕まるのがオチだろう。

一緒に持ってきたバスケットの中を覗《のぞ》き込む。どの銘柄の茶菓子を買えばいいかのメモと、茶菓子分の代金五千マニーが小袋に入っていた。

それが、個人的なお金を持つことが許されていないリリアの全財産であった。

五千マニーでは公共の馬車や汽車を使うとしても、そう遠くへは移動できない。

「なんにせよ、お金が必要ね」

ハルーア王国はおよそ十年前に産業革命を迎え、労働者の需要が高まった。

なのでリリアにも探せば金を稼ぐ手段はあるだろう。

しかしリリアの第一の目標は迅速に金を得ること。悠長に働いている暇などなかった。

「とにかく、動かないと」

立ち上がり、リリアは再び歩き出す。

(手っ取り早くたくさんのお金が欲しい……でも、そんな都合のいい話は……)

あるはずない。それが簡単にできるのであれば、この世に貧しい労働者は存在していないはずだ。

もどかしさを抱えながら歩いていたリリアはふと、やけに肌を露出した服の女性が一人の男に話しかける場面に出くわした。

「ねえねえおにーさん、私と遊んでいかない?」

「ばきゃーろ! 昼間っからそんな散財できるか!」

「ちっ、ケチだねえ〜」

女性は吐き捨てるように言うと、また別の男に猫撫で声で話しかける。

そんな光景を見て、リリアは思わず拳《こぶし》に力を込めた。その時だった。

「はいはい！　いらっしゃい！　いらっしゃい！　宝くじ、好評発売中だよー！　幸運の女神を振り向かせられるチャンスが一回たったの五千マニー！　とってもお買い得だよー！」

客引きの威勢のいい声に思考がかき消される。声の方を向くと、ある大きな店に長蛇の列ができていた。その店の看板には大きく『宝くじ』と書かれている。

リリアの頭の中で、何かがぴかりと煌めいた。

気がつくと、リリアはその列に吸い込まれていた。

列の進みは速く、ほどなくしてリリアの番がやってくる。

店内に通されるリリア。大きな店構えのわりに店の中は狭く、机がひとつと椅子がふたつあるのみ。奥の椅子には、何本も歯の抜けた小汚い格好の男が座っていて、背後にはボロボロのドアがあった。

「ようこそ、お嬢ちゃん。まずは、五千マニーをいただこうか」

「は、はいっ」

手をずいっと差し出してくる男に、リリアは慌ててバスケットから五千マニーを取り出す。

（この五千マニーを渡したら……所持金はゼロに……）

お使いの茶菓子はもちろん、パンひとつさえ買えなくなる。

一瞬リリアは躊躇《ちゅうちょ》したが、意を決して五千マニーを手渡した。

大金を手にするために、この全財産が必要なのだと言い聞かせた。

「毎度あり！　よおし！　これからお嬢ちゃんには、幸運の女神さまの部屋をノックする権利が与えられる。もっとも、開けてくれるかは女神次第だがね！」

「よ、よろしくお願いします……」

クックックと笑う男の圧に押されながらも、リリアは椅子に腰掛けた。

「お嬢ちゃん、宝くじは初めてかい？」

「は、初めてです……」

「じゃあルールは簡単だからパッと説明するぜ！　一から九十九までの数字を十桁、自由にこの紙に書く、それだけ！」

男が横に長い小さな紙と、先にインクのついた細長い串のようなものをリリアに見せる。

「あとはお嬢ちゃんが書いた番号が、当選番号と合っているかどうか俺が確認して、当たっていたら金が手に入るという寸法よ！」

男は意気揚々《ようよう》と説明する。リリア自身、宝くじについて知識としては知っていた。

産業の機械化、工業化と共に富が特定の富裕層に集中。

その富裕層の一人が暇を持て余して作った道楽じみたビジネス。

少額の賭け金に対して、運がよければ大金が入ってくる。

夢見がちな労働者層に大人気のギャンブルだ。その中でもロトゥ百はその賞金の高額さと当選確率の低さから、今王都で最も注目されている宝くじである。

……という感じのことが、いつかの日の新聞に記載されていた。

「やり方はこれだけだ！　もちろん、十桁全てを当てなきゃ金が入らねえってわけじゃねえ。下二桁が当たり、十桁のうちどれでも五つ当たり、といった場合にも金がもらえるぜ！　それぞれの条件と当選額は……」

「あ、あのっ……!!」

思わず、リリアは声を上げた。一刻も早くお金を手に入れて逃げ出したいという焦《あせ》りがあった。

「すみません、やり方はわかったので……もう、やってもいいですか……？」

ニヤリと男が笑って、リリアの貧相な服装を品定めするように見つめる。

「いいねえ、今すぐに金が欲しいって目をしているな。俺にはわかる、お嬢ちゃん、今の生活から抜け出して一発逆転したい、そんな思いがひしひしと伝わってくるぜ」

スッと、男は紙と串をリリアに差し出した。

「普通の宝くじの相場は三百マニーだが、ロトゥ百は一回五千マニー。それも、ロトゥ百に挑戦できるのは一回の来店につき一回のみだ。よく考えて数字を書くんだな」

串を手に取って、リリアはごくりと息を呑《の》む。

宝くじなんて、普段の自分なら絶対に手を出さないギャンブルだ。

しかしリリアは、今考えうる中でロトゥ百が最も大金を得られる確率が高い手段だと確信していた。

ロトゥ百の特徴として、その賞金額の高額さから当たり番号の情報が外部に漏れないよう徹底的に管理されている。

当たり番号を知っている者はごく僅か、運営に関わる者の挑戦権は一切ないなど、不正ができないような仕組みになっていた。

その仕組みの中に、〝当たり番号が一日ごとに変更される〟というものがある。

そして当日の当たり番号は――次の日の新聞に掲載されるのだ。

(確か、番号は……)

毎日欠かさず、新聞の隅々まで目を通していた甲斐《かい》があった。

――アンタ記憶力だけはいいんでしょう?

セシルの言葉が脳裏に浮かぶ。子供の頃から気持ち悪いと吐き捨てられた『一度見たものを忘れない能力』を、リリアは発揮した。

(七、二十九、八十七、四十五、二十四、三、四十六、十八、九十二、六十三……)

迷いなく、リリアは数字を書き込み、そして男に差し出した。

「思い切りがいいねえ!　ふむふむ、どれどれ?」

男が紙を覗き込む。

「七、二十九、八十七……四十五…………二十四…………」

数字を読み上げるごとに、男の顔がみるみると驚愕の色に染まっていき……。

「どうやら、幸運の女神はお前さんと心中することを決めたらしい」

先ほどまでの調子はどこへやら。神妙な顔つきになった男は、リリアに番号の書いた紙を返し、薄汚れた後ろのドアを見遣《みや》って言った。

「このドアの先に部屋がある。そこで、女神と対面してきな」

◇◇◇

「一等賞です！　大当たりです！　おめでとうございます、貴女は百億マニーを手に入れました！」

今までの店内とは比べ物にならないほど広く、豪華な部屋。

ピシッとタキシードを着こなした男が、リリアに祝福の言葉を贈った。一方、煌びやかなソファに座っているリリアは、男が口にした数字の途方もなさにぽかーんとしてしまう。

「は、はあ、ありがとうございます……」

我に返って、リリアはとりあえずぺこりと頭を下げた。

そんなリリアの反応を見て、男は怪訝《けげん》そうな顔をする。

「おや、思ったよりも喜ばないのですね」

「えっ、あっ、ええと……」

実は未来の情報で当選番号を知っていた分、驚きはそこまでではなかった。

……などと言えるわけもなく。

「ちょっと、現実を受け止め切れないと言いますか……」

嘘は言っていない。以前、どこかの文献でハルーア王国における平均生涯年収が二億という情報を見た。実にその五十倍もの大金が、この一瞬の間に手に入ったのだ。

今すぐに実感を得られるわけがなかった。

「ああ、なるほど。無理もないです。百億ですもの、一般人がピンと来る額ではありません」

どうやら男は、服装からリリアを庶民と見ているようだった。

はやる気持ちを抑え切れず、リリアは尋《たず》ねる。

「それで、賞金はいついただけるのでしょうか？」

「必要であれば、今すぐにでも。本来であれば今から、高額賞金獲得を祝して、私どもの方でささやかなパーティを開催できればと考えているのですが」

「今すぐいただきたいです！」

身を乗り出しリリアは声を上げた。

頭の中は、早く王都を離れなければという考えでいっぱいだった。

そんなリリアを見て、男はどこか微笑ましそうな笑みを浮かべて。

「わかりました。それでは、受け渡しに入りましょうか。賞金はどのようなお渡しを希望ですか？　銀行に振り込み、証書、現金は……とんでもない重量になるので、お勧めはしませんが……」

男の提案に対し、リリアは思考を深める。現金は論外だ。

途方もない重さのお金に押し潰されて窒息死してしまうだろう。

銀行への振り込みはオーソドックスな手段に思えたが、そもそもリリアは口座の開設すらしていない。

これから口座を開く時間もないし、万が一家族に見つかったら凍結されてしまう恐れがある。

（となると、証書かな……）

証書はいわば、『このくらいのお金を保有している』という証明書だ。

その証書を銀行に持っていけば、記載されている金額内でお金を引き出すことができる。

盗難や紛失のリスクを考えると、百億もの証書を持ち歩くのは正気の沙汰ではないが、手段としてはこれが一番現実的に思えた。そもそも家出して国外逃亡をしようとしている時点で、ある程度のリスクは覚悟しなければならないだろう。

（それに……今の私の格好から、大金を持っていると思う人はいないよね……）

自嘲《じちょう》気味に考えた後、リリアは男の目を見据えて言う。

「一部を証書にして、残りは現金……でお願いできますか？」

「もちろんでございます。割合はどうしましょう？」

「現金で一千万、残りは証書でお願いします」

「かしこまりました」

男は恭《うやうや》しく頭を下げると、一度奥の部屋に引っ込む。

ほどなくして、男は厚みのある封筒と見るからに豪華そうな紙を手にやってきた。

「こちらが現金一千万マニーと、証書でございます」

「あ、ありがとうございます」

まずは証書を受け取る。紙面の中央には九十九億九千万マニーの記載。

そして右下には、この証書が確かに九十九億九千万マニーの価値を持つものとして、ハルーア王国でも指折りの財閥にしてこの宝くじの主催でもある、シリウス商会の紋章が刻まれていた。

次に両手で抱えるほどの大きさの袋を受け取り、中身を確認する。

中には厚みのある札束が十個、合計一千万マニーが入っていた。

こちらの方が『お金』の実感としてはリアルで、リリアは思わず生唾を飲んだ。

「確認いたしました、問題ございません」

「何よりでございます。それでは、受け渡しが完了いたしました。どうもお疲れさまでした」

「こちらこそ、ありがとうございました」

「いえいえ、とんでもございません！　それでは……」

きらんと、男の目の奥が光った。

「晴れて貴女は高額所得者の仲間入りとなりました！　つきましては、シリウス商会からいくつか投資プランを提案させてください」

「と、投資……？」

「ええ、ただただ百億マニーを持っているだけじゃ勿体《もったい》ない！　私どもとしては、今回の賞金をさらに増やすお手伝いをさせていただきたいのです」

男が急に熱の籠《こも》った声で言葉を並べ始めたことで、リリアはなんとなく察した。

この豪華な部屋も、丁寧な扱いも、全てはこの提案のために用意されたものだと。

「これまで、お金はただ持っていることしかできませんでした。でも、今は違います！　お金がお金を産んで、働かなくてもお金が増えていく仕組みが近年整いつつあるのです！　不動産や貴金属、土地や株価などを購入しておくと、あとは放っておくだけで……」

「あっ、ご、ごめんなさい、投資とかは、その、結構です……」

投資……それは、ここ数十年で流行し始めている新しい概念だ。リンドベル家の財政まわりを処理しているのもあって、リリアはある程度投資についての知識を持っている。

その上で、この提案を受けるべきではないと判断した。

今の優先順位の第一位は、一秒でも早くこの国から脱出すること。

資産運用や投資のことは、まず自分の身の安全が保証されてから考えるべきことだ。

「おっと、失礼いたしました。馴染《なじ》みのない言葉で混乱させてしまいましたかね。でも大丈夫です！　そのために私という資産運用のプロがついております。資産運用や投資の仕組みについて、私が一から懇切丁寧に説明いたし……」

「本当に大丈夫ですから!!　もう帰してください！」

リリアが声を荒らげる。しんと、部屋に静寂が舞い降りた。

「ごめんなさい……私、この後予定があって、今すぐ帰らないといけないのです」

まさか国外脱出する予定があるとはいえず、それっぽい言葉を口にする。

「……なるほど、そうでしたか。それは大変失礼しました」

男はにこやかな笑顔のまま頭を下げたが、リリアは見逃さなかった。

この時初めて、男が不服そうな顔をしたのを。

「それでは、また後日にでも、ご興味がございましたらこちらの住所にぜひ」

そう言って男はリリアにポケットサイズの紙を手渡した。

紙には男の名前と、シリウス商会の住所が記載されていた。

ハルーア王国のみならず、国外の拠点の住所も記載されているあたり、商会の巨大さが窺《うかが》える。

何はともあれ、帰れる空気になってリリアは胸を撫で下ろした。

「きょ、今日はありがとうございました」

「いえいえこちらこそ。歴史的な瞬間に立ち会えて非常に光栄でございます。それでは、お帰りはこちらから」

「あれ、出口はこっちじゃ……？」

行きとは違うドアの方に促されて、リリアは尋ねる。

「裏口から出てください。貴女は大金持ちになったのです。表口には、高額当選者の匂いを嗅《か》ぎつけて待ち構えてる連中もいるかもしれませんので」

「な、なるほど……」

大金を持つとそういう危険性が上がるのかと、リリアは息を呑んだ。

「それではお客さま、良い人生を」

男のそんな言葉に見送られて、リリアは店を後にした。

◇◇◇

店を出てすぐ、リリアは国外脱出のための準備を済ませた。まず持ち運びに不便なバスケットの代わりにショルダーバッグを買い、その中に証書や現金を入れた。

身体の後ろではなく、前にバッグが来るようにして盗難対策も怠《おこた》らない。

次にボロボロだった衣服を新しいものに替えた。

家出少女と間違われ、衛兵に連行される可能性を少しでも低くしたかった。

空腹で意識が遠のきそうになりながらも、最後にリリアは力を振り絞って商業地区の外れにある闇市に向かった。

国外に脱出するには、他国への入国証が必要だ。

通常、入国証の発行には数日かかるが、悠長に待っている時間はない。

そこで、闇市の出番である。偽造入国証は、不法入国者や犯罪歴があるなど、なんらかの理由で入国証が発行できない者にとって必須のアイテムだ。

一定のお金さえ積めば偽造入国証を購入でき、他国に入国することができる。

思い切り違法行為だが、腹を決めたリリアは罪悪感を振り捨てていた。

(どうせ一度死んだ人生だもの……)

そう割り切って、リリアは偽造入国証を購入した。

経済的に豊かで、治安もよく、ハルーア王国と同じ言語を使っていることなどから、前からいつか行ってみたいと考えていた、隣国フラニア共和国への偽造入国証だ。フラニア共和国は、お金さえ積めば永住権を取得できる仕組みがあると文献で読んだ記憶があった。

それらの理由もあってかフラニア共和国は人気の国らしく、値段は三百万マニーと他国に比べ随分と高額だった。

数時間前の自分にはとても払える額じゃない。

しかし、百億マニーを持っている今となっては砂粒を渡すような価格だった。無事、偽造入国証を手に入れた後、リリアは馬車に代わる新たな移動手段、汽車に乗ることにしたが……。

「……ど、どうやって乗ればいいの……？」

『マニル駅』と大きな看板が掲げられた、実家の屋敷よりも大きな建物を前にリリアは途方に暮れる。汽車の存在をリリアは知識としては知っていた。しかし、離れでの生活が長いのもあり、詳しい利用方法がわからない。

「あの……汽車って、どうやって乗ればいいのでしょう……？」

駅へと向かうマダムに勇気を振り絞って尋ねる。

マダムは迷惑そうな表情をしつつも、駅員に声をかけてくれた。自分の世間知らずさを痛感しながら駅員に汽車への乗り方を懇切丁寧に教えてもらう。

マニル発、国境の町シャルラン行きの汽車。一等車はなんとなく気が引けて、二等車の座席を購入した。駅員にお礼を言ってからリリアは汽車に乗り込み、王都マニルを後にした。

ようやく、リリアは一息つくことができた。

◇◇◇

「終点駅シャルラン！　終点駅シャルランに到着しました！　この汽車はこれより車庫に入ります！　引き続きのご乗車はできませんので、お降りの支度を……」

車掌の張り上げる声に押されて、リリアはシャルラン駅に降り立った。時刻はもう夕暮れ時で、雲ひとつない空で輝くオレンジ色の光に、リリアは思わず目を細めた。

リリアが本来帰宅するべき時間はとっくの昔に過ぎている。

今頃屋敷では、リリアがいつまで経っても帰ってこないことにセシルが激怒しているだろう。考えると思わず身震いしてしまうが、今更引き返すわけにはいかない。

随分と消耗した身体に鞭《むち》打って、リリアは歩みを再開する。

シャルランはハルーア王国の国境の町。ここで入国審査を受けてから、隣国に入国する。

それから再び汽車を乗り換えて、フラニア共和国の首都パルケを目指すのだ。

「こちらで、よろしくお願いします」

入国審査のために通された部屋。リリアは偽造入国証を、入国審査官に提出した。

「ういうい、確認するぜ」

リリアから入国証を受け取った男は、入国審査官という堅い肩書きのわりには制服を着崩し、やる気なさげだった。椅子に座るリリアは平静を装っているが、心臓は激しく脈打っていた。

（もしこの入国証が偽造だとバレたら……衛兵に捕まって……）

それ相応の罰が科されるのはもちろんのこと、屋敷に連れ戻されるのは確実だ。

それからどうなるのか……考えるだけで胃袋が引っくり返りそうになる。

背中にはじんわりと冷や汗。呼吸も浅くなっている。

審査官は入国証とリリアを見比べた後、鼻を鳴らして言った。

「お前さん、若いのに度胸あるな」

「えっ？」

審査官は、リリアに低い声で尋ねた。

「この入国証、いくらで買った？」

「……!?」

心臓が氷水を浴びせられたみたいにすくみ上がった。

（バレてる……!!）

最悪の事態が到来した。

◇◇◇

（どうしよう、どうしようどうしようどうしよう……!!）

リリアは焦った。入国審査官に入国証が偽造だと見抜かれ、頭が真っ白になった。

全身からぶわっと汗が流れ出る。喉が小石を詰められたかのように苦しい。

（逃げる……？　ううん、それは無理……）

この部屋には審査官の一人しかいないが、入り口には他の係員が立っていた。

リリアの足の遅さではたちまち捕まってしまうだろう。

（何か……何か手は……）

今にも泣きそうなリリアとは裏腹に、審査官は面倒臭そうに紙を取り出す。

そして、リリアへの事情聴取を始めた。

「さて、お嬢ちゃん。衛兵に連絡を入れる前に、まずはこの入国証をどこで購入したか教えてもらおうか」

衛兵、という言葉を聞いてリリアは息が止まりそうになった。

（捕まったらおしまいだ……）

ここで情けなくオロオロしていたら、実家に連れ戻され死が待っている。

（それだけは……嫌だ……!!）

恐怖が、リリアを奮い立たせる。

（落ち着いて……）

大きく深呼吸して、リリアは鼓動の速度を収めた。

死をも経験しているという謎の自信が、リリアの心に勇気を与える。そして、賭けに出た。

「……いくら、ですか？」

「は？」

「いくら払えば、いいですか？」

審査官の目を見据え、リリアは小声で尋ねた。

リリアの頭の中には、今朝仕事部屋で読んだ新聞記事の内容が浮かんでいた。

――フラニア共和国からの赤ワイン輸入解禁、宰相と踊り子との不倫疑惑、入国審査官の賄賂問題……。

その記事の中の――『入国審査官の賄賂問題』

いわば審査官が買収されて、偽造の入国証がまかり通っているという問題についての記事が、リリアの頭に入っていた。審査官も人間だ。厳格ではない、金を受け取る審査官がいるからこそ、闇市で偽造入国証を売り捌《さば》く商売が成り立つ。

（それに、この方はおそらく……お父さまたちと同じ……）

記事とは別の根拠もあった。今目の前にいる男の表情や振る舞いは欲深く金にうるさい家族たちと似ている。服装もだらしないし、少なくとも誠実で正義感の強い人間とは思えなかった。生まれてから十六年間、実家で同じような系統の人間を見続けてきた故の確信であった。

「……なるほど、そう来るか」

ニヤリと、審査官は下卑《げび》た笑みを浮かべる。

「本来なら今すぐ貴様《きさま》を衛兵に引き渡すところだが……」

書類を片付けながら、審査官はピンと指を三本立てた。

「これで、この入国証は本物ということにしてやるよ」

賭けに――勝った。ぶわりと、リリアは総毛立つ。

「は、はい、少しお待ちを……」

暗闇から差した希望の光。

リリアは慌てて袋から百万マニーの束を三つ出し、審査官の前にドサッと置いた。

審査官は目をまん丸にし、ぽかんと口を開ける。

「も、もしかして足りませんでしたか……？」

「あっ、いや、大丈夫だ！　充分、充分だ！」

「それならよかったです……」

全身から力が抜け落ちて崩れ落ちそうになるのを必死で止めた。今日一番の安堵に息をつく
リリアを前に、男は『許可』と書かれた大きな判子をドンッと入国証に押した。

「ようこそ、フラニア共和国へ」

「ありがとうございます……ありがとうございます!!　では……」

何度も何度も頭を下げて、リリアはそそくさと退室した。

リリアが去った後、審査官はポツリと呟く。

「三十万のつもりだったんだが……」

目の前に積み重なった、その十倍の金額の札束。

「あいつ……何者だ？」

突然降って湧いた、自分の月収の何倍もある金を前にして、審査官はごくりと喉を鳴らすのであった。

◇第二章　拠点確保

深夜。フラニア共和国の首都パルケにリリアは到着した。パルケは『水の都』と称される、広大な平野にふたつの大河と海を起点に経済発展を果たした、百万の人口を擁する大都市だ。

元々は農業が経済の中心だったが、近年は工業機械や汽車をはじめとする画期的な発明によって多大な貿易収益を上げるようになった。それにより国民の生活水準は飛躍的に上昇し、世界一豊かな国の首都としての地位を確立しつつある……というのが、リリアの持つパルケの知識であった。

パルケ中央駅を出て実際に歩いてみると、パルケの街並みは知識以上のインパクトがあった。

ハルーア王国ではまだ普及しきっていない『電気』による明かりで、深夜だというのに街は光に溢れている。

立ち並ぶ煉瓦《れんが》造りの建物も階層が高いものばかりで、道路もきれいに整備されている。

ハルーア王国の王都マニルよりもきれいで、洗練されているように感じた。

人生で初めてとなる外国に、リリアの胸は躍っていたが、身体と精神両方の疲労が限界に達していたため、ひとまず駅近くのホテルに身を滑り込ませた。

国外脱出のための準備費やここまでの交通費、そして審査官に渡した賄賂を差し引いても、まだ現金は三百万以上残っている。

宿泊料金は一泊五万マニーということで、少しグレードの高いホテルらしかったが、とにかく身体を休ませたいリリアに、躊躇はなかった。

スタッフに案内されたホテルの部屋は広く掃除も行き届いていて、今まで住んでいた離れよりずっと居心地がよさそうだった。バスルームも用意されていたが、部屋に入るなりリリアはすぐさまベッドに倒れ込んだ。

「あった、かい……それに、ふわふわ……」

大きなキングサイズのベッドは、リリアの疲労困憊《こんぱい》した身体を優しく抱きしめてくれた。

いい洗剤を使っているのか、花のような甘い香りがする。

いつも寝床にしている、固くカビ臭い離れのベッドとは大違いだった。

（あ……これもう、だめかも……）

あまりの心地よさと、一気に緩んだ緊張によってリリアは動けなくなってしまう。

かろうじて残っていた最後の理性が、ショルダーバッグを枕元の机に置かせた。

電気をつけたまま、リリアは気絶するように眠りについた。

◇◇◇

「お客さま、起きてください、お客さま」

「……んあっ」

誰かに身体を揺すられてリリアは目覚めた。

視界に映るのは、ちょっぴり困った表情の女性スタッフ。

「おはようございます、お客さま」

「……ぉはよう……ございます」

「お休みのところ起こしてしまい、大変申し訳ございません。ですが、チェックアウトの時間を過ぎておりまして……」

「ちぇっくあう……と？」

聞き馴染みのない単語を反芻する。

「左様《さよう》でございます。当ホテルでは十一時までに、お客さまのご出発をお願いしております。現在、十一時三十分でございますので、その……」

「なる……ほ……んあぇっ⁉」

スタッフの言葉で思考が一気に目覚め、ガバッと身を起こす。

（そういえば、チェックアウトの説明を……‼）

リリアにとって、ホテルの宿泊も人生初めての経験だ。なので昨晩は受付で事細かに説明してもらったが、疲労がピークを過ぎていてチェックアウトのことが頭から抜けていたらしい。

見ると、カーテンの外は明るくなっていた。

（確か、昨晩は一時くらいに寝たから……十時間ずっと寝てたの……!?）

「あああっ、ごめんなさいごめんなさい、すぐに準備して出ていきますので……」

「いえいえ、お気になさらず。ごゆっくり支度をしてくださいませ」

スタッフは穏やかな笑みを浮かべて言った。

ごゆっくり、と言われたものの、リリアは焦りに焦っていた。

リリアは十六年もの間、家族にも使用人にも虐《しいた》げられ支配されてきた。

そのせいか、他人に迷惑をかけることに対して強い忌避感を持つようになっていた。

一刻も早くホテルから出ないといけない。

そう強く思ったリリアはショルダーバッグを掴んで、すぐさま部屋を出ようとし……。

「あ、れ……？」

ぐらりと、視界が歪んだ。手から、足から、力が抜ける。

すぐに、決して軽くない衝撃。気がつくと、リリアの頬に床の冷たい感触が触れていた。

「お客さま……!?」

スタッフの慌てた声が鼓膜を叩く。

（立た、なきゃ……）

そう思うも、身体のどこにも力が入らない。

「誰か！　誰か来てください……！　お客さまが……!!」

スタッフの切羽詰《せっぱつ》まった声を聞きながら、リリアは再び目を閉じる。

意識はすぐに、遠くなっていった。

◇◇◇

ホテルで倒れたリリアは、何人かのホテルスタッフに支えられ病院へ連れてこられた。

「栄養失調ですね」

リリアが倒れた原因を、医者はその一言で説明した。

簡易ベッドに寝かされたリリアを見下ろしつつ、医者はどこか怒った様子で続ける。

「なぜこんなになるまで食べなかったのですか？　最近流行《はや》りの食事制限でもしていたのですか？　細身になりたいという気持ちはわかりますが、栄養をあまりにも摂《と》らなさすぎると命に関わりますよ」

今までそういった理由で運ばれてきた者がいたのか、医者は声に力を込めて言う。

まさか日常的にろくな物を食べさせてもらえなくて、隣国から脱出する際も食べる時間を犠牲にしたのが原因、とは口にできなかった。正直に事情を説明すれば、医者はすぐに虐待だと気づいて衛兵に通報し、非常に面倒な事態になるのは目に見えている。

「ご、ごめんなさい……」

とにかく謝るしかないリリアに、医者はため息をついて言う。

「一応、点滴を打って体力を回復させています、しかし、これも一時的なものです」

点滴と呼ばれる、ハルーア王国にはなかった治療をリリアは受けていた。

細腕に刺された針、そこから伸びる管を通して何やら液体を入れられている。

医者の説明によると、この点滴によって身体に直接栄養を入れているらしい。

「何はともあれ、まずはきちんと食事をとってください。ただ、いきなり重い物を食べるとお腹を壊してしまうので、サラダとか、スープとか軽いものから口にするといいでしょう。熱や倦怠感がないようでしたら、パンなどでも構いません」

「はい、わかりました。ありがとうございます……」

厳しいながらも親身に食事のレクチャーをしてくれる医者に、リリアは感謝の言葉を口にした。

◇◇◇

点滴を終えてから提示された金額は三万マニーとそれなりの額だったが、今のリリアにはすんなり支払うことができた。

「本当だ、結構楽になったかも……」

身体に直接針を刺された時は死を覚悟した。

しかしこうして効果を実感すると、この国の医療は発達しているのだと思う。

（とはいえ、まだ力が入らないわね……）

未だふらつく身体に鞭打って、なんとかリリアが病院を出ると。

「お客さま！」

朝起こしに来てくれて、病院まで付き添ってくれたスタッフが駆け寄ってきた。

年齢はリリアよりも四つか五つほど上だろうか。

背中まで伸ばした長い髪は澄んだブルーで、陽光を反射して水面のように輝いている。

背の高い体躯はホテルの制服をきっちり着こなし、仕事のできるオーラを漂わせているが、
一方で整った顔立ちは柔和《にゅうわ》で優しげな雰囲気を纏っていた。

「い、今まで待っててくれてたのですか……!?」

ギョッとするリリアに、スタッフは言う。

「申し訳ございません、お客さまの身に何かあったらと、心配でつい……」

「謝るのはこっちの方ですよ！　お仕事があるのに、こんな……」

「大丈夫です！　今日は午前中で仕事も終わりだったので」

「余計に申し訳ないですよ！　せっかくの休みなのに、私なんかに……」

「それこそお気になさらないでください。私が気になって、待っていただけなので」

　スタッフはそう言って、優しげに笑う。

「うう……とにかく、ご心配をおかけし申し訳ございません。えっと……」

「あ、エルシーと申します」

「エルシーさん、本当に申し訳ございません。付き添っていただいた上に、待たせてしまって……」

「いえいえ、お気になさらず。それよりも、もうお身体は大丈夫なのですか？」

「はい、この通り！　なんとか回復しました！」

　リリアは元気をアピールするべく、両手をパタパタと振った。

　ちょっとクラッときたが、なんとか耐える。

「よかったです！　聞いていいのかわからないのですけど、何が原因だったのですか？」

「それが、大変お恥ずかしながら……」

　リリアは、医者に説明された内容をエルシーに伝えた。

　リリアの事情がわからない状態だと、ただの食べなさすぎで倒れたというなんとも情けない話に聞こえるが、エルシーは一切おかしがる素振りを見せなかった。

「……というわけで、とりあえず食事をしっかりとることを指示されました、はい」

「よかったあ……」

リリアが話し終えるなり、エルシーはホッと胸を撫で下ろした。

「何か重病でも患《わずら》ったのかと、心配でした。大事ではなくて、本当によかったです」

心底安心した声色で、エルシーは言った。思わず、リリアの頬が緩む。

他人に気遣ってもらうなんて久しぶりすぎて、胸が温かくなった。

(優しい、人なんだな……)

リリアはエルシーにそんな印象を抱いた。

お金を払ったホテルのお客だから親身になっている、というわけではない。

エルシーは心の底から、自分のことを心配してくれている。

今まで悪意の塊《かたまり》のような人々を見てきたからこそ、その逆もリリアは察知できた。

きっと、道端で倒れている人に手を差し伸べるような方なんだろうと、リリアは思った。

エルシーが言葉を続ける。

「何はともあれ、まずは栄養を摂らないとなんですね……そうだ！」

名案とばかりに、エルシーがポンと手を打つ。

「せっかくなので、これからお昼でもご一緒しませんか？」

「ええっ、そんな、これ以上お時間をいただくわけには……」

ぐううう～～。

……。

…………。

……………。

くすりと、エルシーが笑う。

「今すぐ何か食べたいって、お腹が言ってますね」

「ううあうぅうあぁあぅ～～……」

盛大にお腹を鳴らしてしまい、リリアは思わずしゃがみ込む。

りんご色に染まった頬は熱く、また倒れてしまいそうだ。

「時間のことはお気になさらず。今日は特に予定もないので」

優しく言ってくれるエルシー。

（ここでお誘いを断るのも申し訳ない、か……）

そう判断して、リリアは立ち上がる。

「たくさんお世話になった手前申し訳ないのですが……私でいいなら、一緒に食事を、よろしくお願いします」

「はい、ぜひ！」

「お医者さんには、スープとか、サラダとか……軽いものをと言われましたが……」

ぐうううううぅぅぅぅぅぅ～～。

「……パンも、食べていいみたいです」

俯《うつむ》いて言うリリアの言葉に、エルシーはにっこり笑った。

「それなら、いいお店を知ってますよ」

◇◇◇

エルシーに連れられてやってきたパン屋は、病院から少し歩いたところにあった。

淡いグリーンの看板には手書きで『こもれびベーカリー』。

どこか温かさと懐かしさを感じる、小さな木造の一軒家のお店だった。

「いらっしゃいませー」

入店した途端《とたん》、焼きたてのパンの甘い匂いがぶわっと漂ってきて、リリアの胃袋がキュッと締まった。また盛大にお腹を鳴らしてしまい、エルシーにくすりと笑われてしまったのは言うまでもない。

天井から吊るされたランタンの明かりが、こぢんまりとした店内をゆるりと照らしている。

カウンターの後ろでは、年配の男性が焼き上がったパンを丁寧にラックに並べており、隣では笑顔の優しそうな女性が客の注文を受けている。

二人は夫婦のようで、目に見えない絆のようなものが感じられた。

「わああ、たくさんメニューがありますね、悩みます……」

席に着き、メニュー表に目を通しながらリリアは言った。

メニュー表もひとつひとつ手作りらしく、それぞれのパンの絵や、どんなパンなのかの説明も書かれていて、どれもとても美味しそうだった。

「ここのお勧めはクロワッサンと、チーズパンですよ」

とエルシーが教えてくれたため、リリアはそのふたつを注文した。

本音を言うと、メニューに並んでいるパンを全部頬張りたい気持ちに駆られたが、絶対に食べ切れないし、お腹を壊すだろうからとぐっと我慢をする。エルシーも同じものを頼んでいた。

「そういえば自己紹介がまだでしたね。私はリリアと言います」

パンが来るまでの間、改めてリリアは言った。

「リリアさんですね。よろしくお願いします」

「あの、多分私の方が年下なので、敬語じゃなくていいですよ？」

「ああ、ごめんなさい。職業柄、つい……」

エルシーは肩の力を抜いたような顔をして。

「じゃあ、ラフに話そうかしら。その方が仲良くなった感じがするし」

「ありがとうございます！　そうしていただけると嬉しいです」

「リリアちゃんも、敬語じゃなくていいのよ？」

「わ、私は癖といいますか、年上の方には敬語抜きが苦手で……」

「ふふっ、そうなのね。ちなみに、リリアちゃんはいくつなの？」

「十六です」

「十六!?　嘘!?　私の二個下!?」

エルシーがギョッと目を剝《む》き、リリアはぽかんと呆けた顔をした。

「エルシーさん、ふたつ上だったんですね。とても大人びているので、もう少し上かなと思っていました」

「そ、それはありがとう。失礼なのは承知なんだけど、随分と小柄だから、もっと年下だと思ってたわ……」

エルシーの言葉に、リリアはギクっとした。

確かにリリアは背が平均よりも低く小柄で、外見は実年齢よりも幼く見える。

それは、子供の頃から充分な食事を与えられなかったことが原因……なんて口にするわけにはいかないので、リリアは「ちょっと少食で……」と、ぎこちない返答をしてしまう。

「少食どころの話じゃない気がするけど。そりゃお医者さんに怒られちゃうわ。ちゃんと食べないと！」

「ああう……そうですよね、ごめんなさい……」

「いや、謝るようなことじゃないとは思うけど……これからはしっかりと、ご飯を食べないとね」

「それは、はい。絶対にそうしようと思っています」

決意の籠った声でリリアは言った。

「はい、お待ちどおさま。クロワッサンと、チーズパンふたつずつね。毎度ありがとうね」

二人分のお水と共に、注文したパンがやってきた。

「わあ……」

思わずリリアは声を漏らしてしまう。

バターの甘く、香ばしい香りが鼻をくすぐった。外側がしっかりと焼かれた大きなクロワッサンは、ひとつひとつの層が薄くサクサクとした食感を予感させる。

チーズパンは、上の部分が溶けたチーズでとろりと覆われていて見るからに美味しそうだ。

ふたつとも焼きたてのようで、ほかほかと湯気が立ち上っていた。

「これ、本当に食べていいんですか？」

なんだか恐れ多い気持ちになって、リリアはエルシーに尋ねてしまう。

「えっ？　う、うん、いつでもどうぞ？」

「い、いただきます……」

恐る恐る、リリアはクロワッサンを手に取ろうとするも。

「あちっ」

「ふふっ、焼きたてだから、気をつけて」

エルシーに言われて、リリアはふーふーしてからクロワッサンを手に取る。

そして、クロワッサンに齧《かじ》りついた。サクッと小気味いい音が響く。

「……!?」

リリアは目を見開いた。サクサクとした食感が口の中に広がり、次第にバターのリッチな香りが舌を包み込んでいく。

生地の層は細やかで、噛むたびにじゅわっとクリームのような風味が広がっていった。

ごくんと飲み込んだ後、呟く。

「おい、しい……」

「よかった。ここのクロワッサン、本当に美味しいのよね～」

エルシーもクロワッサンにサクッと歯を立てて、「ん～」と美味しそうに食べている。

一方、リリアは飢えた子猫のようにクロワッサンをはぐはぐした。

外側のサクサクと内側のもちもちのバランスが絶妙で、真ん中に近づくにつれてしっとりとした食感とパン生地本来の甘味が増していく。

表面に振られた塩味もちょうどよく、バターの甘さを引き立てていた。

「美味しい。本当に、美味しい……」

言葉を漏らしながら、リリアはクロワッサンを頬張る。

同時に、思い出した。離れで出されていた、硬くてカビの生えたパンのことを。

あの牢獄でマリンに踏みにじられ、潰されたパンのことを。

すると、なんだか目の奥が熱くなってきて……。

「リ、リリアちゃん？　どうしたの？」

「えっ……？」

エルシーの驚いた声で、気づいた。

頬を伝う湿った感触に。両目から熱い雫《しずく》が溢れ出していることに。

「えっ、あっ、これは、その……」

慌てて指で涙を拭《ぬぐ》う。

エルシーを心配させてはいけないと、頭に浮かんだ言葉をそのまま口にした。

「美味しすぎて……本当に、それだけで……」

なぜ涙が溢れてしまったのか、遅れてリリアは自覚した。

今までろくにご飯を食べさせてもらえなかった。もらえるのは硬くてカビの生えたパン。変な臭いのするスープ。庭で引っこ抜いて土がついたままの雑草。

とてもじゃないけどお腹は膨れないし、なんなら腐っていたので何度もお腹を壊した。

だからいつもお腹が空いていて、お使いで購入した茶菓子やパンに手が伸びそうになったことも一度や二度じゃない。本当は、ちゃんと美味しいものを食べたかった。

お腹いっぱい食べたかった。その願いが、ようやく叶った。

一度死を経験して、自分の意志で逃れ、着いた遠い異国の地。そこで口にしたクロワッサンは間違いなく、リリアが今まで味わってきたどんな食べ物よりも美味しかった。

嬉しかった。そして、安心した。美味しいものを美味しいと感じられて、自分が今生きているという実感を得ることができて、心の底から安心した。

やっとあの地獄から逃げられたのだと、心の底から安堵した。

安心したらずっと張り詰めていた緊張が緩んで、思わず涙が溢れてしまったのだ。

「そ、そうなんだ……」

困惑気味なエルシーに、リリアは「ごめんなさい……」とだけ呟く。

取り繕う余裕もなかった。

美味しい焼きたてのクロワッサンを通じて、ただただ、生きてる実感を噛みしめていた。

ぽろぽろと涙を流しながら、リリアはふたつ目のチーズパンにも手を伸ばすのだった。

◇◇◇

チーズパンを食べ終える頃には、すっかりリリアの涙は止まっていた。

「はしたないところをお見せして、ごめんなさい」

真っ赤に腫《は》らした目と同じ色を頬に滲《にじ》ませて、リリアは頭を下げる。

「ううん、気にしないで。泣くくらい美味しいと思ってくれて、連れてきた甲斐があったわ」

穏やかに笑うエルシー。

「はい、とってもとっても、美味しかったです……」

今日食べたパンのことは、きっと一生忘れられない。それくらい、美味しかった。

「リリアちゃんは、旅行でこの街に？」

「あっ、えっと……はい、そんな感じです」

「そうなのね！　どこから？」

「えっと……ハルーア王国です」

一瞬、言っていいものかと迷ったが、一般人であるエルシーには大丈夫だろうという判断と、嘘をつく罪悪感の方が勝って正直に答えた。

「ハルーア王国！　お隣さんね。自然が豊かできれいな国って聞いているわ」

「た、多分……？　そうだと、思いま……そうです、はい」

実はずっと離れに軟禁されていて、自国のきれいな景色など見たことがない。

などと言えるわけもなく、ぎこちない返答をしてしまう。

「旅行はご家族と……ではないよね？」

「一人、です」

一応、フラニア共和国の成人は十五歳以上だったはずだ。

（年齢的に、一人で旅行をしているという設定に無理はないはず……）

とリリアは自分に言い聞かせる。

「十六歳で一人旅か～。すごいわね」

「アハハ、ソレホドデモ……」

まさか刑罰から逃れるために国外逃亡してきた、とは言えずこれまた曖昧《あいまい》な返答になってしまう。

国外脱出する際、服装をそれなりのものにしておいてよかった。もし実家で着せられていたボロ着のままだったら、今頃家出少女として衛兵に連行されていたかもしれない。

「いいな～、一人旅。私、生まれも育ちもこの町で、学校を出てすぐに今のホテルに就職したから、外国に行ったことないんだよね」

「そうなんですね」

「でも、お金が貯まったら絶対に旅行に行くって決めてるの！　見たことのない景色、食べたことのない料理……絶対に楽しいに違いないわ」

「いいですよね、旅行……気持ちはわかります」

リリアの場合は旅行ではなく逃亡なのだが、エルシーの言葉には深い共感を覚えた。

今まで王都マニルから出たことのなかったリリアにとって、外国の情報は新聞や本に記述されている文字でしかなかった。しかし実際に汽車に乗って、パルケにやってきて、見たことのない景色や街並みをこの目で見て、知らない技術に触れて、食べたことのないものを食べた。

人生を振り返っても、こんなにも充実した時間はないと確信している。

「リリアちゃんは、いつまでこの街に？」

「特に決めてないですね。ちょっと色々事情があって、しばらくは滞在しようと思っているんですが……」

「そうなのね！　それじゃまた、どこかで会ったらご飯でも！」

「は、はい、そうですね、ありがとうございます……」

エルシーの言葉にふと、リリアは気になって尋ねた。

「あの、どうしてここまで、私によくしてくれるんですか？」

リリアは自分に人間的な魅力があるとはこれっぽっちも思っていない。

容貌が優れているわけでも、面白い話をできるわけでもない。

にもかかわらず、初対面の自分にこんなにもよくしてくれる。

考えたくはないが、何か打算的な思惑でもあるのかと思っていた。

百億近い証書の入ったショルダーバッグの存在が、そうさせているのかもしれない。

「んー、なんでだろうね？」

エルシーは、リリアに尋ねられるまで考えたこともなかった、といった風に考え込む。

「なんとなく……放っておけないと思ったというか、んー……お腹が空きすぎて倒れたって聞いたら、何か美味しいものを食べてもらいたいって思って。喋《しゃべ》ってみたらリリアちゃん、とてもいい子だから、楽しくお話しできたというか……ごめんね、纏まりがなくて」

「いえいえ、とんでもないです！」

ぶんぶんと、リリアは顔を横に振る。

エルシーの物言いは、嘘偽りのない本心から出てきたものだと感じた。

言葉の通り、エルシーは気遣いの心から、自分に優しくしてくれたのだろうとリリアは思った。

何か打算があるんじゃないかと少しでも疑ったことに、リリアの表情にほんのり罪悪感が浮かぶ。

「優しいんですね、エルシーさんは」

「そう？　普通だと思うけど……」

不思議そうに、しかしちょっぴり照れ臭そうに頬を掻くエルシーであった。

あまり長居するのもお店に悪いので、頃合を見て店を出ることにした。

お会計は二人で千二百マニー。

お昼に付き合ってもらったからと、全部エルシーが出してくれようとしたが、さすがに申し訳ないとリリアは意地でご馳走することにした。

エルシーも最初は「とんでもない！」と首を横に振っていたが、頑《がん》としてリリアは譲らなかった。

こんなに美味しいお店を紹介してくれたから、とても楽しい時間だったからと説得して、エルシーは納得してくれた。お店を出てみると、陽は少し傾きかけていた。

「今日はありがとうございました。本当に楽しかったです」

店の前で、リリアはエルシーに深々と頭を下げる。

「こちらこそ。また会えたら、ご飯行こうね」

「はい、ぜひ」

いい出会いだったと、リリアは思った。ひとりぼっちで隣国に逃げてきて不安もあったリリアからすると、エルシーと過ごした時間は気が休まるひと時だった。

「リリアちゃんはこれから、観光に？」

「そ、そんな感じですね」

「イルミナス凱旋門とか、ハーメルト大聖堂とか、パルケには観光スポットが目白押しだから、楽しんでね！」

「はい、ありがとうございます」

引きつった笑顔でリリアは返した。実際のところは、何も考えていなかった。

昨日の深夜にパルケに着いてそのまま寝てしまったため、今後の方針はまだ決まっていない。

そもそも旅行ではなく逃亡中の身のため、呑気《のんき》に観光名所を巡るなどもっての外《ほか》だ。

まずは一旦落ち着いて、今後のことを考えないといけなかった。

口座を開設してお金を銀行に預けないといけないし、住居だって確保しなければならない。

フラニア共和国はお金さえ積めば永住権を得られるらしいが、どういう手続きをすればいいかなど、わからないこともたくさんだ。

（やっぱり、まず行くべきところは……）

エルシーに、リリアは尋ねた。

「あの、役所はどこにあるのか、教えてもらえますか？」

◇◇◇

エルシーと別れた後、リリアは役所にやってきた。

フラニア共和国の国民になるためだ。住居を確保するにせよ、公共のサービスを受けるにせよ、フラニア共和国の国民であるという証明書――国民カードがあれば話が早い。

フラニアでの生活基盤を固めるため、まずは国民カードの取得が急務だった。

役所は、荘厳で堂々とした石造りの建物だった。大きな柱が正面入り口の両脇に立ち並び、その上には三角の屋根であるペディメントがあしらわれている。

ペディメントの中央には、共和国のシンボルである義勇の女神が彫られていた。

中に入ると、高い天井と広いロビーがリリアを迎えてくれる。

お役所といった堅い雰囲気とは裏腹に、天井にも壁面にも装飾が施され、どこかの美術館に来たかのような錯覚をもたらした。市民たちはそれぞれの窓口で手続きをしていた。

係の人に案内され、リリアは国民カード取得課のエリアにやってきた。国民カード取得課は複雑な手続きを要するためか他と一線を画すように、銅色の扉やベルベットのカーテンで仕切られている。

木製のカウンターの後ろには、収納棚が整然と並び、多くの書類が収められていた。担当の職員は太った身体にベストと白シャツ、そして黒のネクタイを身につけ、整った髭《ひげ》を蓄えていた。

職員に、フラニア共和国に永住するための国民カードを取得したい旨を伝えると。

「通常、国民カードの取得は本国に十年以上の居住、その間のうち三年以上の就学または五年以上の就労が必要です。また、貴女がどこの国出身の者なのかを確認するため、入国証や他国での居住証明書などの提出も必要となります」

至極《しごく》真っ当な説明をする職員に、リリアはおずおずと言った。

「あの、そういった条件や身分を証明するものがなくても、お金さえ支払えば、この国では永住権を取得できると聞いたのですが」

ピクリと、職員の眉が動いた。

「……ああ〝特別枠〟のことですね」

どこか呆《あき》れ混じりなため息をついた後、職員は机の下から一枚の紙を取り出しリリアに見せる。

紙面には『永住権取得における特別枠のご案内』と見出しがついていた。

「仰《おっしゃ》る通り、ある一定の金額を払えば、条件も身分証明書の提出もなく、我が国の国民カードを発行可能です」

職員の言葉に、リリアはホッと安堵した。フラニア共和国には〝特別枠〟の永住権取得制度がある。その事前知識があったからこそ、リリアはこの国を逃亡先に選んだ。

フラニアを訪れる富豪たちの中には、お金は持っているものの、さまざまな事情で迅速に永住権を得たいと考えている人々が少なくない。そういった人々にとって、時間をかけずに必要な手続きを飛ばして永住権を取得できる特別枠は非常に魅力的だった。

一方フラニア共和国にとっても、この特別枠は通常の手続きよりもはるかに効率的に大金を得られるメリットがある。その資金は、国の福祉の向上や先端技術の研究など、国全体のための予算に充《あ》てられるのだ。

このように双方にとってメリットがあるのが、特別枠の永住権取得制度だった。

……もっともこの制度は、他国で犯罪を犯し大金を得た人物の永住権も漏れなく発行できるため、犯罪者を匿《かくま》う制度として他国から非難を浴びている側面もある。

そのため手放しで絶賛される制度とも言えないが、無駄に大金を持っていて、すぐにフラニアでの永住権を獲得したいリリアにとっては最高の手段だった。

「もっとも……」

ちらりと、リリアの服装を見て職員は言った。

「特別枠の価格は十億マニー。そんな大金をポンと出せる人間は、そういないとは思いますが」

どこか馬鹿にするようなニュアンスで言う職員に、リリアはちょっぴりムッとする。

「十億マニーですね。わかりました」

「へ？」

呆気に取られる職員をよそに、リリアはバッグから九十九億九千万マニーの証書を取り出した。

十億マニーは確かに大金だ。

だがその額さえ支払えば、この豊かな国での生活が一生可能になると思えば安いものだった。

「こちらで、支払いをお願いいたします」

職員はしばらくぽかんと口を開けていたが。

「か、確認いたします……」

証書を見るなり、職員はプルプルと肩を震えさせて。

「しょ、少々お待ちを！」

バタバタと、奥の部屋に引っ込んでいった。

◇◇◇

「お金の力って、すごいのね……」

役所を出た後。大通りを歩きつつ、ガラスケースに包まれた国民カードを見ながらリリアは呟いた。リリアに十億マニーの支払い能力があるとわかるや否や、話はとんとん拍子に進み、無事フラニア共和国での永住権を獲得することができた。

これで、リリアは晴れてフラニア共和国の国民となったのだ。

ちなみに……十億マニーを支払った後、職員の他に何人か別の課の人間が揉み手しながらやってきて、慈善団体への寄付や政府への資金委託やら色々提案してきたが、話が長くなりそうなので丁重にお断りしておいた。

リリアの次にやるべきことは……先ほど支払った十億マニーから差し引いて残った、八十九億九千万マニーを銀行に預けることであった。

職員に教えてもらった銀行は市役所からほど近い場所に本店が構えられていた。

新規口座開設の窓口でもらったばかりの国民カードを見せると、ここもすんなりと話が進んだ。

新たに口座を開設し、八十九億九千万マニーの証書を提出する。

その際、一瞬係員の目が丸くなったがそれだけだった。

裕福で富裕層の多いこの国では、億単位で資産を持っている者も珍しくないのだろう。

こうして無事、リリアはお金を預けることに成功した。

証書が盗られないように気をつけねばと気を張る必要がなくなったのだった。

◇◇◇

銀行から出てきた時点ですっかり陽が沈んでいた。

もう身体もヘトヘトだったので、今日は活動を終えることにする。

「つか、れた……」

昨晩泊まったホテルの一室。大きなベッドにリリアは倒れ込んだ。

「永住権はもらえたし、銀行にお金を預けた。とりあえず、順調ね……」

ひとつひとつこなしたことを呟きながら、リリアはため息をつく。

ひとまず今日やるべきことはやった。

住居のことは明日、どこかの不動産屋さんに行こうと決めた。

「それにしても……」

ふと、国民カードをポケットから出して、天井にかざして眺める。

昨日死に戻ってすぐに逃亡を決意し、大金を得てフラニアにやってきた。

そして今日、晴れてフラニア国民となった。あの地獄のような日々から解放された上に、普通に暮らしていたら使い切れないほどのお金もある。

そう考えると、身体の芯から嬉しさが溢れてきた。

「うふふ……ふふふふっ……」

ごろごろごろ！

喜びを主張するようにベッドの上を転がって、勢いそのまま床に落下した。

「わぶっ……」

ぐうう～～……。床に落ちた衝撃で、お腹が空腹を主張し始めた。

部屋には自分しかいないのに、羞恥で頬が赤くなる。

「そろそろ、夕食の時間ね……」

昼はパンふたつしか食べていなかったし、お腹が減るのも無理はない。

実家では餓死ギリギリのタイミングで貧相な食事が出されていたが、今はそうではない。

リリアは起き上がる。高層階の窓からは、パルケの繁華街の街並みが見えた。

「しっかりとご飯を食べなさいって、お医者さんにも、エルシーさんにも言われたしね……」

ただでさえ栄養失調気味なのだ。

食事を抜いたらまた病院に担ぎ込まれてしまう。

ショルダーバッグから現金の一部を抜き、部屋の金庫にしまっておく。

三十万マニーが入ったショルダーバッグを背負って、リリアは部屋を出た。

◇第三章　お金に困らない生活

「わああ……」

パルケの中心地の繁華街。目に映る光景に、リリアは感嘆の声を漏らした。パルケの繁華街は、産業革命の息吹を背景に、新しい建築物と伝統的な建物が織りなす魅力的な街並みだった。古びた石畳の道路には、新型の蒸気エンジン車のライトや馬車のランタンの明かりがちらほらと煌めいている。

道路沿いにも錬鉄製のランタンが連なり、暖かな光が街を照らしていた。

道ゆく人々はエレガントなドレスやスーツに身を包んでいて、いかにも裕福そう。

建物は背が高く、どれも五階以上あった。

美味しそうな食べ物の看板を掲げた飲食店や屋台。貴金属を扱う店も充実していて、星のように煌めくジュエリーをショーウィンドウ越しに人々が眺めている。

カフェのテラス席では、アコーディオンやバイオリンの生演奏が行われ街を一層ロマンティックにしていた。マニルよりも確実に発展していて、活気のある繁華街だった。

「どこで食べよう……」

歩きながら、リリアはきょろきょろとお店を物色する。

（パスタにピザ、肉料理もいいわね……ああでもお魚も捨て難《がた》い……これは異国の料理みたいだけど、どんな味がするのかしら……ううう、たくさんありすぎて目移りしちゃう……）

選択肢が多すぎて完全に選べなくなっていたリリアだったが結局、とあるお店の前で美味しそうな肉の香りが漂ってきてふら～っと入店してしまった。

店内に足を踏み入れると、賑《にぎ》やかな空気がリリアを取り巻いた。

笑い声や大声での会話、食器やカトラリーの音で店内は活気に満ち溢れている。

壁際の二人掛け用の席にリリアは通された。

渡されたメニュー表に記載された値段を見るなり、リリアは目を見開く。

（どの料理も二千マニー以上……!!　なかなかなお値段ね……）

実家にいる時はまず口にすることを許されない値段の料理の数々に、リリアは若干尻込みした。

しかし一般的なレストランとしては少しグレードが高いくらいだし、今は現金で三十万マニーを持っているのだから、値段のことはこの際考えないことにした。

どれを食べようか、うんうんと悩んだ後、注文を済ます。

一人でレストランに入るという経験は初めてで、リリアの視線は忙しなく周囲に注がれた。

さほど広くない店内には、ウッド調のシンプルなテーブルと椅子がぎっしりと並べられ、人々が食事を楽しんでいる。

客は家族連れや作業着を着た男性といった庶民的な層が多かった。他の客たちが食べている料理に思わず目がいってしまい、リリアの胃袋がきゅうっと音を立てる。

「アップルグレーズの豚バラステーキと、ガーリックバターのサーロインステーキね！　お待ちどおさま！」

ほどなくして注文した品が、目の前にドンッと出された。

「はわあああ～～……」

思わずリリアは目を輝かせた。アップルグレーズの豚バラステーキは、甘酸っぱいリンゴの香りがして、こんがり焼かれた豚ステーキがきらきらと光っていた。

一方のサーロインステーキは、バターの濃厚な香りとガーリックのアクセントが利《き》いており、美しい赤身肉から香ばしい香りが漂っていた。

付け合わせのフライドポテトは揚げたてらしく、表面がほのかに油を纏っている。

食前の祈りを捧げてから、リリアはまずアップルグレーズの豚バラステーキから口に運ぶ。

「……!?」

リリアの瞳が目一杯見開かれた。肉はフォークとナイフがスッと入るほど柔らかく、肉汁が溢れ出し、リンゴの甘酸っぱいグレーズと絡み合う。

舌の上で甘さと旨味が混ざり合ったかと思えば、リンゴの爽やかな酸味が味を引きしめた。

「んんん～～～っ…………」

フォークを咥《くわ》えたまま、リリアはパンッパンッと膝を叩いた。肉料理は記憶にある限りほとんど口にしたことがない上に、これは味付けも美味しくて感動するしかなかった。

次に、サーロインステーキを口に運ぶ。牛肉特有のしっとりとした食感と共に、バターのクリーミーさとガーリックの風味が口の中で広がり、深い旨味と共に喉を通る。

付け合わせのフライドポテトも一緒に食べてみたら、もう大変だった。

（お、美味しすぎる～～～……!!）

目を輝かせ、リリアは心の中で叫んだ。フォークとナイフが止まらない。

美味しくて、美味しすぎて、ただただ夢中で肉を頬張った。

お昼にパンを食べた時みたいに、また目の奥が熱くなる。

慌てて水を飲んで心を落ち着かせた。それからまた、食事を再開する。

あっという間にふたつの皿は空になった。

ポテトの最後の一本まできれいに食べたら、名残惜しさが到来した。

（お金は、ある……お腹の余裕もある……つまりまだ、食べられる……!!）

美味しいものを好きなだけ食べられる。

なんと素晴らしいことか。

極限まで空腹だったリリアの理性は吹き飛んだ。

「す、すみません、追加の注文いいですか!?」

完全に飢えた子猫と化したリリアは、メニュー表を手に店員を呼ぶのだった。

◇◇◇

「うっぷ、食べすぎちゃった……」

お店を出た後。パンパンになったお腹をさすりながら、リリアは言葉を漏らした。

油断したら食べた物も漏れてしまいそうなほど満腹だった。

最初に頼んだ豚と牛料理に加えて、鳥や羊料理も食べてしまった。今までお腹いっぱい食べたことがなかったのでわからなかったが、自分のお腹の容量はかなりのものなのかもしれないとリリアは初めて自覚した。軽く三人前くらいは平らげた気がするが、お会計は一万マニーもせず良心的だった。外食の相場には疎《うと》いが、格式ばった高級料理店に入るより、満足度が高いお店だったのではとリリアは思った。

（とりあえず、ちょっと歩こう……）

腹ごなしと探索もかねて、リリアはしばらく散歩をすることにした。

街灯の明かりが石畳の道を照らす中、リリアはトコトコと歩く。

たくさんの人々や、時折走り去る馬車に紛れて歩く自分は今、自由なのだと実感した。

いつもなら屋敷の炊事や洗濯に奔走《ほんそう》している時間だが、自分を縛るものは何もない。

その事実に、心が軽く、震え上がるほどの喜びを感じた。

足取りも軽やかに、リリアは街を巡る。

途中、お手製のアクセサリーを扱うお店を見つけて立ち止まったり、満腹なはずなのにクレープの屋台で別腹を満たしたり、大道芸人のショーを見て手を叩いたり。

初めての異国の地は見るだけで楽しく、リリアはつい時間も忘れて歩き続けた。しかしそうしているうちに、リリアの足は次第に繁華街から遠ざかり、騒がしい光景が少なくなってきた。

街灯もまばらになり、古びた建物や閉ざされた窓が増えていく。

心なしか、人々の笑顔や活気が少なくなってきた。

「……あれっ？」

気がつくと、リリアはなんとも物寂しいエリアに足を踏み入れていた。

周りの雰囲気が一変して、リリアは不安げに周囲を見渡す。

古びた建物はあちこちで壁が崩れかかっており、落書きが描かれているのが目立つ。

地面にはごみやグラスの破片が散らばっており、いかにも治安の悪そうな酒場からは、どこか歪んだ笑い声や怒鳴り声が漏れている。

薄汚い水たまりの周りで疲れ果てた顔をした人々がささやき合っていて、そのそばを目の光が鈍く、衣服がボロボロの二人の子供が手を繋いで歩いていた。

（ここは、いわゆるスラム街という場所かしら……？）

今まではフラニア共和国の煌びやかな部分しか見てこなかった。

しかし、徹底した資本主義で経済発展を遂げた国にも、しっかりと闇の部分がある。

お金の心配など一切ない富裕層もいれば、今日のご飯にも困る貧困層もいる。

街の煌びやかな明かりや賑わい、絢爛《けんらん》たる建築物と文化の発展。

しかしその裏には、資本主義の影響で形成された大きな格差も存在する。急激な経済発展を遂げた国でありながら、その恩恵を受けられない人々がこのような場所で日々を過ごしている。

富裕層が豪華な宴を楽しむ中、ここでは明日を生きられるかという切実な問題に直面していた。

（は、早くホテルに戻らないと……）

長居していたら、何か面倒事に巻き込まれてしまう気がする。

そんな直感がリリアにはあった。

先ほどからチラチラと、見すぼらしい格好をした男がリリアに視線を向けている。

こんな場所を女一人でうろつくのは危険だと、さすがに世間知らずのリリアにもわかる。

リリアはすぐさま引き返そうとし……。

「何抵抗してんだよてめえ！」

「おらっ！　大人しく殴られろや！」

荒々しい声と鈍い打撃音が鼓膜を叩き、リリアは思わず振り向く。

ボロボロの衣服を纏った男性が、若者二人に容赦なく攻撃されていた。

男の表情は恐怖と痛みに歪み、くぐもったうめき声を漏らしてただ無慈悲に殴られ、蹴られているだけだった。一瞬、リリアは頭が真っ白になった。

しかしすぐに、本能が叫んだ。関わっちゃいけない、逃げた方がいい、と。

しかし同時に、理性がささやいた。このまま見捨てていいの？　と。

ぐっと、リリアの拳に力が籠る。なんの抵抗もできずに暴力に晒されるがままの男の姿が、昨日まで家族に虐げられていた自分と被《かぶ》って——。

気がつくと、リリアの身体は動いていた。

◇◇◇

「ほらっ！　もう一発！」

「ぎゃははは！　ひってー顔！」

二人の若者が、物乞いと思《おぼ》しき男を袋叩きにしている。

リリアはそっと彼らに近づき、物陰に隠れて叫んだ。

「衛兵さんー！　こっちです！　早く来てくださいー！」

「げっ!?　衛兵!?」

「マジかよ！　くそっ、ずらかるぞ……!!」

まんまと騙されてくれた若者二人は、脱兎《だっと》の如く逃げ出した。

リリアはホッと一息ついた後、男の下に駆け寄る。

「だ、大丈夫ですか？」

声をかけると、男は力なくリリアを見上げた。思わずリリアは息を呑む。

男の年齢は三十歳前後くらいだろうか。肌寒い季節にもかかわらず、薄汚れたシャツとズボンしか着ていない男は、理不尽な暴力に晒されて顔が腫れ上がっていた。

「衛兵、は……？」

「あ、嘘です。衛兵さんは呼んでいませんよ」

「なる、ほど……」

状況を理解した男が、リリアに笑顔を見せる。

「なかなかやるね、お嬢さん、ありがとう。助かったよ……」

「いえいえ……って、そんなことよりも、早く病院に……」

「ははっ、そんなお金はないよ……」

男の乾いた笑い声に、リリアはハッとする。

フラニアの医療体制は万全とはいえ、医療費は決して安くはない。男の身なりから察するに、彼は医療費どころか明日の食費さえままならないのではないかと思った。

押し黙るリリアに、男は自虐めいた笑みで身の上話を始める。

「まったく、世知辛《せちがら》いねえ。この前までは工場で働く労働者だったのに、機械を導入して人が不要になったからって、あっさり切りやがる。お陰でこのザマさ。再就職しようと必死に頑張ったんだがな。この不況のご時世だ。学のねえ俺なんて、どこへ行ってもお払い箱さ」

はんっと鼻を鳴らして男は続ける。

「だが金は稼がなくちゃいけねえ。俺だけなら野垂れ死んでもいいが、妻と生まれてきたばかりの娘がいるからな。物乞いになって、なんとか食い繋ぐ日々だ」

そう言って男は、ボコボコになった銀のお椀《わん》を蹴る。

お椀には一マニーも入っていなかった。

「明日までの食費はなんとか恵んでもらえたんだがな。それさえもさっきの連中に巻き上げられちまった。おまけにストレス発散でボコボコにされるおまけ付きだ。笑えるだろ？」

ふるふると、リリアは首を横に振った。心が、針でちくちく刺されるように痛かった。

油断したら両目から何か溢れてきそうになるほど、リリアは男に同情していた。

(何か、力になりたい……)

目の前でこんなにも傷ついている人を、放ってはおけなかった。

気がつくと、リリアはショルダーバッグの中からありったけの札を取り出していた。

「ごめんなさい、今は手持ちがこれくらいしかないのですが……」

こうなるなら、もっと持ってきておけばよかったと思った。

三十万マニーから、先ほどの夕食費を引いて約二十九万マニー。ハルーアと物価はそこまで変わらないから、このくらいあれば家族で一ヶ月は暮らせるだろう。

突然目の前に出された大金に、男は目を丸くした。

「そんな、悪いよ。お嬢さん」

「気にしないでください。少しでも生活の足しになれば、嬉しいです」

これまでのお金のなかった自分にはできなかった行動だった。

しかし今は違う。途方もない大金を持っている。

二十九万マニーで少しでも男の助けになるのなら、躊躇なく差し出せた。

突然降って湧いた大金を前に、男は逡巡していた。自分よりもずっと年下の女性からこんな大金をぽんともらうなんて気が引ける、だがお金に困っているのも事実。

そんな葛藤が渦巻《うずま》いていた。

しかし現実を冷静に考えて、もらえるものはもらっておくべきだと判断したのか。

「本当に、いいんですか？」

「はい」

敬語で尋ねてくる男に、リリアはこくりと頷《うなず》く。

ごくりと、男が生唾を飲む。そして恐る恐る、お金を受け取って。

「ありがとうございます……本当にありがとうございます……」

何度も何度も男は頭を下げる。それから、ぼろぼろと涙を流し始めた。

ありがとうございます、ありがとうございますと、男は繰り返し感謝の言葉を口にした。

（こんなお金の使い方も、悪くないかもしれないわね……）

正直、この行動が正しかったのかはわからない、という気持ちはある。

ただの偽善かもしれない。だが偽善でも、このお金が少しでも彼の助けになったのなら嬉しいと、リリアは思うのだった。

男は泣き止んだ後。

「もしまた会えたら、必ず恩返しをします！」

そう言って、リリアの前から去っていった。

男の背中が見えなくなるまで、リリアは小さく手を振っていた。

「あっ、いけない。私も帰らないと……」

踵を返して、来た道を戻ろうとした時。

「おらっ！　さっさと歩け！」

どこからともなく聞こえてきた怒鳴り声に、リリアはビクッと肩を震わせる。

思わず辺りを見回すも、声の主は見つからない。

声は少し離れた位置で上がっているようだった。

「ぐずぐずするな！　このノロマが！」

鞭を打つ音。そして怒りの籠った声。

誰が何に怒っているのかわからずにいると。

——ほんと使えないわね！　このぐずが！

不意に、家族の罵声を思い出してしまう。そこはかとなく嫌な気持ちになったリリアは、このエリアから逃げ出すようにそそくさと立ち去った。

◇◇◇

リリアが宿泊しているホテルには、部屋に備え付けの浴室とは別に、大浴場が完備されている。

というわけで、リリアはホテルに戻ってくるなり大浴場に行くことにした。

「はう……」

熱めのお湯に肩まで浸かりながら、リリアは声を漏らす。大浴場の内装は大理石造りで至る所に白磁の彫刻が施されており、まるで神話の世界に来たような心地にしてくれる。

湯船からはほかほかと湯気が立っていて視界は悪いが、天使の彫像が持つ大きな壺からじょばじょばとお湯が流れ出ているのは見えた。

「こんなにたくさんのお湯に浸かれるなんて……」

確かに実家では、リリア以外の家族がよく湯浴《ゆあ》みをしていた。

しかしそれは、熱して温かくした水を桶《おけ》で掬って浴びるといった方法だった。部屋ひとつ分はある広さの浴槽になみなみとお湯が注がれた設備は知っていたが、相当なお金持ちしか許されない贅沢品のはずだ。ハルーアは内陸の国だったこともあり、水は貴重な資源だった。

一方、フラニアは水源が豊富ということもあり、こういったお風呂の習慣があるらしい。

これだけの水を一箇所に集めるだけでなく、ちょうどいい温度に保つ技術。それが、グレード高めとはいえ宿泊施設に完備されているなんて、改めてこの国の豊かさを実感した。

……ちなみにリリアには日常的な湯浴みが許されるわけもなく、身を清める手段は濡らした布で拭くくらい。ごくごくたまに水浴びをできればいい方だった。

「しあ、わせ……」

肩まで浸かって、リリアは呟く。

生まれて初めての大浴場は、考えられないほど心地よく、極楽だった。

まるで暖かい太陽の光に包まれるかのような心地よさ。水面から立ち上る湯気がリリアの頬を撫で上げ、強張っていた身体と心がゆっくりと解されていく。

手足をぐぐっと伸ばすと、凝《こ》り固まっていた筋肉がじんわりと緩む。

その感覚を堪能していると、少しずつ頭がぼうっとしてきた。

「本当に現実、かしら……？」

実家にいた頃と比べると天国すぎて、怖さを覚えてしまうくらいだ。

（全部、夢だったりして……）

自分はまだあの牢獄にいて、死に際の走馬灯《そうまとう》を見ている。

（だとすると、怖い……）

思わず、リリアは自分の身体を抱きしめた。

温かい湯船に浸かっているはずなのに震えてしまう。

夢であることを否定するように、リリアは頬をつねる。

「痛い……」

しっかりと痛覚が悲鳴を上げて、リリアは力ない笑みを漏らす。どうやら、生きていることは確かなようだ。

その後、壁に掛けられていた『お風呂の入り方』の説明書きに従って、リリアは髪に香り付きのオイル（シャンプーというらしい）をつけて洗った。柑橘《かんきつ》系のいい香りがするシャンプーの効果は凄まじく、お湯で洗い流すと傷みでごわついていた髪が瞬く間に滑らかになった。

「自分の髪じゃないみたい……」

なんだかすごいお洒落《しゃれ》をしたような気がして、リリアは嬉しくなる。

再び、リリアは湯船に身を沈める。

「これから、どうしよう……」

ゆっくりする時間ができて、改めてリリアは考える。

「明日から家を探して、住むところが決まったら、それから……」

それから、どうしよう。フラニアでの永住権は獲得した。

何かを強制してくる家族はもういない。お金も充分にある。

好きなものを食べられるし、好きなものを買えるし、何をしてもいいのだ。

普通に考えるとこれ以上ない幸せな状態のはずだ。

でも不思議なことに、やりたいことが頭に浮かんでこない。

(今まではお母さまやマリン、使用人のみなさんに命令されて、言われるがままに過ごしてきた……)

それ故に、いざ自由になってなんでも好きなことをすればいいと言われると、思考が停止してしまう自分がいる。その事実に、リリアは言いようのない虚無感を抱いた。

考えていたら思考が闇に引き摺《ず》られそうな気がしたので、リリアは頭を振って考えを中断する。

「とりあえず、家が見つかってから考えよう……」

今はまず、手に入れた自由を堪能する。

そう決めて、再び肩までお湯に浸かるリリアであった。

◇◇◇

翌日、リリアはホテルの近くの不動産屋を訪ねた。

自分の家を購入するなんて生まれて初めてのリリアは、担当の女性に希望条件を聞かれて戸惑ったものの、色々と説明を受けてなんとか纏めることができた。

「値段は十億マニー以内。広くて築浅で、できればお風呂がついていて、あまり市街地から離れていない物件……ということで、こちらはどうでしょう!?」

不動産屋から馬車に揺られて二十分くらいの場所。

いわゆる高級住宅街のエリアにその家はあった。

女性と共に門をくぐった途端、リリアは度肝を抜かれた。

一言で表すと、その家は『豪邸』だった。大理石と暗赤色の煉瓦で築かれた三階建ての美しい建物は、湾曲したドーム型の屋根が金の細工で縁取られ、太陽の光を受けて煌めいている。

巨大な両開きの玄関は深緑の重厚な木材でできており、銀の装飾が施されていた。

庭は広大で、中央には大きな噴水。

その周りには色とりどりの花々が植えられ、それぞれの季節の花が咲き乱れるようデザインされている。

庭の一角には小さな池があって、白い鳥たちがすいすい〜と優雅に泳いでいた。

ぽかんとするリリアを、女性は「ささっ、早く中へ」と案内する。

玄関を開けると、高い天井と大理石の床が目を引く豪華なホールが広がっていた。天井には大きなシャンデリア、壁側には細長い大きな窓が並び、太陽の光がたっぷりと注ぎ込んでいる。ある扉を開けると広々としたリビングルーム。

高級な革製のソファやアンティークの家具が配置されている。

壁には名画や鎧《よろい》、武器などが飾られており、歴史と伝統を感じさせた。

大きなダイニングルームには長いテーブルと椅子。

キッチンはありとあらゆる調理器具がそろっており、料理好きには夢のような空間が広がっている。

二階に上がると、広々としたベッドルームや書斎。

そして金色の壁のバスルームには大きな黄金のバスタブも完備されていた。

「こちらの家にはリビング、ダイニング、キッチンの他に十八部屋を備えております！　築は八年ほどです。特筆すべきは、この物件を手がけたのがかの有名な建築家、アルベルト・ディマリオ氏！　彼の特徴である、自然の光を最大限に活かす設計や独特の曲線美が随所に散りばめられているんです。またこの屋敷の中には、前オーナーがコレクションした美術品やアンティーク家具も多数残されています。つまり、この家を手に入れれば、ディマリオ氏の設計と、前オーナーのセンスが融合した贅沢空間を堪能でき……いかがなさいました、リリア様？　急にうずくまって……」

「ご、ごめんなさい、ちょっと目が回りそうで……」

あまりにもギラギラで情報が多すぎて眩暈《めまい》がしてきた。

十八部屋？　黄金のバスタブ？　何かの冗談だろうか？

せっかくこれから長く住むからいい家に……と色々と条件をつけてみたものの、こんな大豪邸を望んでいたわけではなかった。

明らかに貴族か富豪が家族で住む家だ。ひとりで住むなんてどうかしている。

値段は九億九千万マニーとのことで全然払える金額だが、お金の問題じゃなかった。

掃除も大変だろうし、部屋を使い切れるわけがないし、何よりもこんな広い家に一人ぽつんといるなんて寂しすぎる。有名な建築家がデザインしたとか、アンティーク家具がたくさんあるという点も、そうしたものに全然惹かれないリリアにとってはどうでもいい部分だった。総じて、狭くてカビ臭いオンボロ離れに今まで住んでいた身からすると、分不相応極まりない家だった。

自分の提示した条件と、実際に自分が思い描く家のイメージに大きなずれがあったのだとリリアは気づいた。

「あの、せっかく提案していただいて本当に申し訳ないのですが……もう少し狭くて、落ち着いた家の方がいいかな、なんて……」

リリアは拙《つたな》いながらも、自分のイメージしている生活を女性に伝えた。

リリアの説明に、女性はポンと手を打った。

「なるほど！　それなら、いい物件がございますよ」

◇◇◇

再び馬車に揺られてリリアは市街地に戻ってきた。二軒目に紹介されたのは、繁華街から少し外れた場所にある、こぢんまりとした二階建ての家だった。

壁は淡いピンク色で、屋根はオレンジ色の瓦で覆われている。

広めの玄関に青空を映すいくつもの窓。

ささやかながら庭もあって、花を植えたら明るい気分になりそうだ。

都会の喧騒から一歩離れた場所にありながら、温かく、まるで童話から飛び出してきたような可愛らしさと、素朴な雰囲気を持つ家だった。

その家を見た途端、リリアの心にピンとくるものがあった。

（私、この家に住むかも……）

そんなぼんやりとした直感を抱いた。その印象は、内見をして確信へと変わった。

玄関を開けると、足元に温かみのある木のフローリングが現れた。

一階のリビングは広く、大きな窓から差し込む陽光が印象的だった。

その窓からは小さな庭の緑が見え、落ち着いた静けさを感じることができる。

キッチンも広く、ストレスなく料理ができそうだ。ダイニングは大きな木製のテーブルが置かれ、もし来客があってもゆったりと食事が楽しめそう。

階段を上って二階へ。大きなベッドのある寝室がふたつ。

隣の書斎は大きな窓のそばにデスクが置かれ、穏やかな時間を過ごせそうだ。

バスルームは淡いピンクのタイルと木の組み合わせが印象的。バスタブは窓際に配置され、窓からの光を浴びながら、のんびりと湯に浸かることができそうだった。

「こちらはリビング、ダイニング、キッチンの他に四つの部屋がある間取りとなっていて、つい先日完成した新築です。元々は夫婦や家族向けにデザインされたお家ですが、ゆったりとした一人暮らしを求める女性にも人気の物件かと思います」

事前説明によると、価格は二億マニー。広さや部屋数のわりに先ほどの豪邸よりも割高なのは、新築なことと首都中心地の土地の価格高騰が影響しているとのことだった。

不動産屋を訪れた当初は家の値段の相場がわからず、なんとなく十億マニーと言ってみたが、一人で暮らす家でその価格は高すぎたらしい。

「立地も、繁華街や駅から近く、日常の買い物や通勤にも非常に便利です。といっても、この物件の周辺は閑静な住宅街となっているので、このようにとても静かなのです」

女性の説明に、リリアは何度も何度も頷く。立地、雰囲気、価格。

どれをとっても言うことなしだった。

一人で住むには部屋が少し多い気がするが、説明の通りゆったり住む分には心地のよい広さだ。

「お気に召しましたか？」

すでに、リリアの心は決まっていた。

にこりと笑う女性の問いかけに、リリアは勢いよく答えた。

「ここに住みたいです！」

◇◇◇

家の引き渡しはスムーズに進行した。

銀行で発行した二億マニーの証書で家代を支払い、鍵を受け取った。引っ越しに関しては元々荷物を全く持っていなかったし、家具も最初からついているため、その日のうちに入居することができた。その手続きをする中で、とっても嬉しいことがわかった。

この家は、エルシーと一緒に食べたパン屋さん『こもれびベーカリー』の近所だったのだ。

そんな嬉しい発見が、家をここに決めてよかったという気持ちをますます強めた。

諸々の手続きをしてくれた不動産屋の人にお礼を言ってから、改めてリリアは家に入る。

「今日からここが、私の家……」
新築の匂いのする二階の寝室。ベッドの上で、リリアは感慨深げに呟く。
言葉にすると、なんとも言えない高揚感が心の奥から湧いてきた。
あのオンボロ離れとは比べるのも失礼なほどいい家に、これから住むことができる。
嬉しくて、リリアはゴロゴロとベッドの上を転がった。
とはいえこれで全て完了というわけではない。
大きめの家具は揃っているとは言え、日用品は皆無だ。
(明日、食器とか服とか、色々と買いに行こう……)
確か近くに大きめの商店があったはずだ。
そこで日用品やちょっとした飾りなどを調達すればいい。
(ふふっ、楽しみ……)
自分の家を自分好みにコーディネートする。想像するだけで、ワクワクが止まらない。
一通り喜びを堪能した後、ベッドを降りて窓を開ける。
ふわりと、涼しい風がリリアの頬を撫でた。
「ここから、私の第二の人生が始まるのね」
家の前はちょっとした川が流れているのもあり、二階からの視界は開けている。
窓からはオレンジ色の澄んだ空をバックにパルケの街並みがよく見えた。

（この街で……私はこれから生きていく……）

自然と決意めいた感情がリリアの胸に広がった。これからのことは何もわからない。

ずっと順風満帆ということもないだろう。とはいえ自分の意志でここまで逃れてきて、生活の拠点を確保できたことにまずは一安心したいと思った。

ぐうう～……。

「あっ、また……」

安心したら、お腹が鳴ってしまった。そう言えば今日は一日中、物件巡りやら新居受け渡しの手続きやらをしていて、何も食べていなかった。元々空腹に慣れすぎていたため、気を抜くとすぐに食事を忘れる癖は直していかないといけない。

「そうだ。今夜のご飯は、あのパン屋さんのパンを食べよう」

そう言ってリリアは、夕食に出かける準備を始めるのだった。

◇◇◇

リリアが新居を確保し、こもれびベーカリーでクロワッサンを頬張っていた頃。

「リリアはまだ見つからないの!?」

ハルーア王国の首都、マニル。

リンドベル伯爵家の屋敷で、リリアの妹マリンの甲高い怒号が鳴り響いていた。

「た、大変申し訳ございません……!!　ただいま、使用人総出で捜索に当たっているのですが、足取りは未だ摑めずでして……」

家政婦長セシルはガタガタと震えながら言葉を口にすると。

「ほんっと使えないわね!!」

ソファにふんぞりかえるマリンが、セシルにまだ中身の入ったグラスを投げつけた。

グラスは勢いよくセシルのこめかみに当たった後、床で音を立てて粉々に割れる。

「だいたい！　リリアに茶菓子を買いに行かせたのは貴女でしょう!?　貴女がその時にお姉さまの異変に気づいていれば、こんなことにはならなかったのよ!?　その辺ちゃんとわかってる!?」

「申し訳ございません、申し訳ございません……返す言葉もございません……」

顔や服をジュースでびしょ濡れにして、セシルはただ頭を下げるしかない。

その間に、入り口に控えていたメイドがそそくさとグラスを片付ける。

すぐさま片付けなければ、さらなる罵倒が待っているだろうから。

——姉、リリアが失踪してすでに三日が経とうとしている。

三日前、セシルがリリアにお茶菓子を買いに行かせた。

その時のリリアがセシルが見たリリアの最後の姿だった。

リリアの失踪後、マリンの母ナタリーがすぐさまリリアの捜索命令を出した。

捜索するのは屋敷内の使用人に限られた。

伯爵家の娘が失踪、それも平民との不貞の子となると外聞が非常に悪い。

そのため、なるべく内々で処理しようとしていたものの、リリアの足取りは一向に摑めなかった。

「もっと王都の隅々まで！　くまなく探しなさい！　見つかりさえすれば、生きてても死んでてもいいわ！　お金は少ししか持っていないのでしょう？　汽車や馬車に乗ったとしてもたかが知れているわ！　絶対にまだマニルにいるはずよ！」

「は、はい……!!　かしこまりました……!!」

深々と頭を下げて、セシルは慌てて退室していった。

「ああ……まずいわね……」

一人残されてから、マリンは苛立《いらだ》ちを浮かべた表情で頭を抱えた。リリアの失踪。

それは、マリンの考えていた計画が進行しないことを意味していた。

「あと少しで、テオドールさまと一緒になれたのに……」

心底悔しそうに、マリンは呟く。名門と名高いアークレイ侯爵家の令息テオドール。

彼と恋に落ちて、一生を添い遂げるものだとマリンは信じて疑わなかった。

しかしアークレイ侯爵家の当主は血統を重んじる主義で、平民の、しかも娼婦が産んだ子であるリリアが身内になることを決して許さなかった。

そこでマリンは、リリアを亡き者にすることで婚約を実現させようと考える。

リリアが死んでしまえば、アークレイ侯爵もテオドールとの婚約を許してくれる。

両親、そしてテオドールとも共謀し、リリアを冤罪で死刑にしてしまおうという計画を密かに立てていた。そしてその計画は、あと少しで成功するはずだった。

それなのに……。

「一体どこにいるのよ……お姉さま……!!」

何か事件に巻き込まれたのか、それとも自分の意志で逃げ出したのか。

どちらにせよ、リリアがいなければ計画が始まらない。

リリアの生存の確率が少しでもある状態だと、あの厳格な侯爵家の当主はテオドールとの婚約を許可してくれないだろう。それはマリンにとって最悪の事態だった。

イライラで髪をかきむしっていると、ノックの音が部屋に響いた。

父フィリップが入室してくる。

「マリン、リリアは見つかりそうか?」

フィリップはどこか不安げな表情だった。

不貞の一件のせいで、家内でのフィリップの力は皆無と言っていい。

今回、リリアの捜索を主導しているのも母ナタリーだ。

それ故、こうしてリリアの捜索状況をマリンに尋ねてきたのだろう。

「リリアが見つからなかったら、計画が……」

「心配しないでください、お父さま」

気丈に笑って、マリンは言う。

「今、お母さまともども総力を挙げて探しております。そう遠くないうちに、リリアは見つかるでしょう」

「そ、そうか……それなら、いいのだが」

マリンの言葉に、フィリップは微《かす》かに安堵の色を浮かべた。

今回の計画の成功は、フィリップも切望している。

ちょうどリンドベル家は例年の不作と、ナタリーとマリンの散財で財政が破綻寸前だった。

マリンとテオドールが結婚しアークレイ侯爵家と身内になったら、資金援助をしてもらおうとフィリップは考えていたのだ。リリアが見つからないことは、その計画の頓挫《とんざ》を意味している。

今までのようにいい暮らしもできなくなるし、下手したらお気に入りのアンティークコレクションも売り飛ばす羽目になるかもしれない。それだけは避けたかった。

そんなフィリップの気持ちをマリンは汲《く》み取っていた。

「頼んだぞ、マリン。お前ならきっと見つけられる」

懇願するように、フィリップは言った。

「任せてください、お父さま」

大きく、マリンは頷いてみせた。フィリップも退出した後、マリンは大きく息を吐く。

「もし、逃げたのだとしたら……」

ギリッと歯を鳴らす。

「絶対に許さないわ、お姉さま。必ず探し出してやるんだから！」

怨嗟の籠った目で、マリンは言った。

——まさか、死に戻ったリリアが百億マニーを獲得してハルーア王国を脱出し、フラニア共和国で生活基盤を整えているとは知らずに。

◇◇◇

フラニア共和国の首都パルケは、今日も今日とて雲ひとつない快晴であった。

首都中央を流れる大きな川には色とりどりのゴンドラが並び、岸辺で流しの音楽家が奏でる音色と人々の笑い声が響き合う。

通りの屋台では新鮮な魚や果物が売られ、店主の威勢のいい声と客の談笑が弾けている。

水辺で遊ぶ子供たち、穏やかなひとときを過ごすカップル。

パルケ市民たちの生活の営みが織り成す美しい風景は、まるで絵画のようだった。

そんな中、リリアは。

目が死んでいた。新居のリビングに設置した特大ソファの上で、リリアは虚《うつ》ろな目を天井に向けて口から魂がこぼれそうになっていた。新居を確保して三日。

その間のリリアの生活は、堕落の極みと言っても過言ではない。

「……虚無だわ」

「怠惰……あまりにも怠惰すぎる……」

ごろんっとうつ伏せになって、クッションをばんっ、ばんっと叩く。

人はここまで堕ちることができるのかと、リリアは戦慄していた。

思い描いていた悠々自適生活とは、あまりにも現状はかけ離れていた。新居の模様替えや日用品の購入は、異様に要領のいいリリアがテキパキと動いたこともあって一日で終わってしまった。

お陰で新居はちょっとした小物がいくつも飾られ、より住みやすい環境になっている。

しかしそこから、リリアは腑抜けてしまった。

抑圧された生活から解放され、お金も家も手に入れた。

その途端に、動く気力がきれいさっぱり吹き飛んでしまった。

燃え尽き症候群と言ってもいいかもしれない。寝たい時に寝て、起きて、食べたい時に食べて、お風呂に入りたい時に入って、だらだらと一日を過ごした。

他にやったことといえば、近所をふらふら散歩したり、河岸に座り込んでなんとなく水切りしてみたり、公園で行列を作っていた蟻《あり》の数を数えてみたり……それくらいだ。

見事なまでに、リリアはだらけ切っていた。

「なんか……空っぽになった気分……」

実家にいた頃は何かしらやることがあった。

自分の意志と関係なく、雑用や事務仕事をすることがリリアの生活の全てだった。

それがごっそり抜け落ちた途端、リリアの自我は虚空を彷徨《さまよ》うこととなった。

「いや、元々自我なんてなかったのかも……」

自分は何をしたいのか。何をすれば幸せなのか。全くわからない。

考えるだけで暗闇に引き摺られてしまいそうな恐怖を覚える。

「なんとなく、こうなる予感はしてたけど……」

新居を構えた後、自分はやることがなくて腐ってしまうのではないかと。

だがここまでとは思わなかった。じっとうつ伏せでいると、ソファと自分の身体が同化して消えてなくなってしまいそうな気がしてきて……。

「このままじゃいけないわ！」

ガバッとリリアは起き上がる。ずっとこんな生活を送っていたら腐ってしまう。

変化のない日々はあっという間に過ぎていって、気づいたら墓の下だ。

何か行動を起こさないといけない、とリリアは思った。

「趣味とか、有意義な時間を過ごせることとか見つけないと……」

自分はダラダラ日々を過ごすには向いていない性格をしている。

それがわかっただけでも儲け物だと思うことにした。

「とりあえず、せっかくお金はあるんだし……」

ふとリリアは、実家でマリンやナタリーが豪華な宝石やドレスなどを買ってご満悦だったことを思い出す。

「よし……」

新調した大きめのリュックを背負って、リリアは街に出かけることにした。

◇◇◇

「さあさあ、いかがでしょうか！　こちらのペンダントにあしらわれているブルーパーズ、エルディア地方でしか採れない希少な鉱石を削ったものです。光に当たると美しい青のグラデーションを放ち、極上の幸運を呼ぶと言われています。通常価格は三百万マニーとお高いのですが、今ならなんと二百五十万マニー！　とってもお得でしょう！」

家から歩いて二十分ほどのところにあった、いかにも高級そうな外観のジュエリーショップ。いるだけで目がチカチカしそうなお店で、リリアは盛大なセールストークを浴びせられていた。

「さきっ、どうぞお客さま、実際におつけになってください！」

「は、はいっ、ありがとうございますっ……」

こういったグレードの高いお店は初めてで、完全に雰囲気に呑まれたリリアは促されるままペンダントを首にかけた。

「わあ……」

高いペンダントをつけた自分の姿を鏡で目にして、リリアは思わず声を漏らす。

お店の照明の下で青のグラデーションを纏ったブルーパーズのペンダント。

ジュエリーショップに行くということで、ちょっとだけお洒落をした衣装にピリッとアクセントをもたらし、まるで魔法にかかったかのような幻想的な輝きを放っていた。

「とってもお似合いでございますよ」

（確かにきれい……それに、テンションも上がる気がする……けど……）

小さくため息をつく。

（二百五十万、マニーか……わかってはいたけど、ブランド物のアクセサリーはやっぱり高いわね……）

毎月マリンやナタリーが貴金属類を湯水のようにお金を使って購入していたのもあって、だいたいの相場は把握している。もちろん払えない金額ではない。リュックの中には先ほど銀行でおろした三千万マニーが入っているし、銀行にはまだ八十七億マニーほどの残高がある。

（改めて考えると、桁《けた》がおかしいわね……）

なんにせよ、リリアの現在の全財産からすると微々たる金額だ。

（けど……そのお金があったら、もっと美味しいものとか食べたいなって、思っちゃうな……）

「せっかくお勧めいただいたのですが、すみません。もうちょっと、お手頃な価格のものとかあれば、嬉しいのですが……」

ここまできて何も買わないのもよくないなと思って、リリアは他のお勧めを尋ねる。

「いえいえお気になさらず！　では、こちらはいかがでしょうか？」

価格を理由に購入を断念する客には慣れているのか、店員は嫌な顔ひとつせずに次のお勧めをし始めた。

◇◇◇

「か、買っちゃった……」

ジュエリーショップを出た後、リリアは僅かに声を震わせながら言った。

結局リリアは、小さなブルーパーズのかけらがあしらわれたブレスレットを購入した。

空に手をかかげると、陽光を反射してブルーパーズがきらりと光る。

ペンダントと比べて宝石は小さく主張は少なめだが、リリアからするとこのくらいがちょうどよかった。価格は十万マニー。お店のラインナップの中ではかなり安い方だが、それでもリリアの体感としてはとても高い買い物だ。

「十万マニー……クロワッサン三百個分以上……って、こういうこと考えちゃだめよ」

ぶんぶんとリリアは頭を振る。

高価な物を自分の意志で買おうと決めて買ったのだ。

購入した後に後ろめたさを感じるのはよくないと、頭を切り替える。

「さて、次は……」

リリアの足はドレスショップへと向かった。

散歩中に見つけた、ハイグレードのドレスを扱うお店だった。

実はドレスを着ることに、リリアはちょっとした憧《あこが》れがあった。

いつもぼろ切れを着ている自分とは対照的に、煌びやかなドレスを身に纏うマリンの姿を見るたびに密かな羨望を抱いていたのだ。もちろん、そんなことを言おうものならバケツに入った冷たい水を浴びせられかねないので、口が裂けても言わなかったが。

「わあっ……」

入店するなり目に飛び込んできた光景に、リリアは感嘆の声を漏らした。

壁全体に陳列された色とりどりのドレス。淡いピンクから深いルビー、鮮やかなエメラルドグリーンなど、ありとあらゆるカラーがあった。

それぞれドレスは独特のデザインや装飾が施され、一着一着がまるで芸術品のよう。

シャンデリアからの柔らかな光が、ドレスのビーズやラインストーンに反射してとても煌びやかだ。おとぎの国から出てきたような店内に、リリアの胸は弾んだ。

「いらっしゃいませ。あら、素敵なブレスレットをしておられますね」

ドレスショップに入るなり、小ぎれいな格好をした女性店員の視線はリリアの手首に注がれた。

「あ、ありがとうございますっ……先ほど、買ったばかりでして」

「ブルーパーズのブレスレットですね！　最近のトレンドみたいで、人気ですよね」

「さすがですね……」

買ったばかりのブレスレットを褒められて、リリアは嬉しい気持ちになる。

また、見た目だけでなんの宝石かを当てる店員の鑑定眼にも驚いた。

（さすが、お高めのお店は店員さんも鋭いわ……）

そんなことを考えるリリアに、店員が尋ねる。

「何用のドレスをご所望でしょうか？　フォーマルか、それとも普段使いか……」

「えっと……」

ドレスにそれぞれ用途があることを、リリアは初めて知った。

「その……お恥ずかしながら、ドレスを買うのは初めてでして、とりあえず、フォーマル？でお願いします」

フォーマルは、格式の高い場などで使う。普段使いの服は買い揃えているので、（万が一）何かしらの夜会や祝いの場に出ることになった際に、着ていくドレスを買うことにした。

「かしこまりました。それでは採寸しますので、こちらの部屋へどうぞ」

店員に案内されて、リリアはまず採寸をすることにした。

「お客さま、とてもスタイルがよろしいですね……とんでもない努力の賜物《たまもの》です、同じ女性として尊敬いたします」

採寸中、リリアは店員にそう褒められた。

「アハハ……ソレホドデモ……」

店員から注がれる羨望の眼差《まなざ》しに、リリアは乾いた声で返す。

まさか常日頃からろくな物を食べさせてもらえなかったからガリガリなんです、とは言えなかった。

ここ数日、連日好きなものを好きなだけ食べているお陰で少しだけ肉付きはよくなっているが、まだまだ体格的には痩せすぎである。

（そういえば、お医者さんも急激な減量で運ばれてくる人がいるって、言ってたわね……）

何日か過ごしてわかったが、パルケは異様に食文化が発達している。

経済発展を遂げた首都ということもあり、道を歩けば世界中の料理を堪能することができるのだ。

そのせいか、街中ではふくよかな人がちらほら歩いている。

裕福であるが故に高カロリー食品の摂取が容易になった街においては、しっかりと自己管理をして細い身体を維持している方がステータスになるのかもしれない。

採寸が終わった後、店員のお任せでリリアはドレスを見繕ってもらった。

「まあっ、よくお似合いです、お客さま！」

「わっ……」

姿見に映る自分の姿を見て、リリアは声を上げた。

店員が見繕ってくれたのは、深い赤色のドレス。

この色は、リリアの赤い髪をより鮮やかに引き立てていた。リリアの小柄な身体に合わせたデザインは、ウエスト部分がしっかりと絞り込まれ、スカート部分は広がりすぎず動きやすそう。肩の部分は軽く透ける素材で優雅さを感じさせる一方、派手すぎない落ち着きも持ち合わせていた。

装飾は全体的に落ち着いていて、フォーマルな場面でも悪目立ちしなさそうだ。

（なんだか、服に着られてるみたい……）

こんな豪華なドレスを着るのは初めてで、似合っているかどうかの判断が難しいというのが本音のところだった。そう思いつつも、このドレスのデザインは可愛らしいと思った。

「お客さま、細身ですし、とてもお顔が整ってらっしゃるので、本当によく似合っております……」

リリアの姿をまじまじと見て、店員が言う。生まれてこのかた容姿を褒められたことなど一度もないリリアは店員の言葉をお世辞と受け取ったが、褒められて悪い気はしなかった。

むしろ嬉しかった、お世辞でも。

「ありがとうございます……」

思わず、リリアはお礼を口にした。店員の評価も後押しして、リリアは腹を決めた。

「これは、おいくらでしょう？」

「こちら、込み込みで百万マニーになります」

（クロワッサン三万個分以上……!!）

また眩暈がして倒れそうになった。

三日前、近所の服屋さんで普段着を纏めて購入した時の合計額の軽く数十倍だ。

（でも、さっきのペンダントの値段と比べたら、お得……かも？）

今日、接する商品の額の桁がおかしすぎて、だんだんと感覚が麻痺してきている。

だがそれを差し置いても、『高い物を買ってみる！』という当初の自分の決心を覆したくないと、リリアは腹を決めた。

「じゃ、じゃあ、これください……」

「お買い上げありがとうございます！」

こうして、リリアは人生初となる豪華なドレスを購入したのだった。

◇◇◇

「うん、わからない！」

帰宅後。大きめのハンガーにかけられた、庶民的な家の内装とは不釣り合いのドレスを前にして、リリアは声を張った。せっかくお金があるからと高価なブレスレットとドレスを買ったものの、いまいちよさがピンと来ていない。

もちろん、ブルーパーズのブレスレットも、深い赤色の豪華なドレスも、お店で選んでいる時はそれなりに楽しかった。購入した時は『こんな高価な物を私が……』と胸がドキドキした。

しかし冷静になって考えると、高価なアクセサリーやドレスを買ったという高揚感よりも『こんなに高いの……？』という損失感の方が大きかった。八十九億マニーの中の数百万マニーなんてたかが知れているにもかかわらず、支払ったことを盛大に後悔してしまった。

帰りに立ち寄ったこもれびベーカリーで、クロワッサンやクリームパンを買った時の方がテンションが上がる自分に気づいた。

高価な物を買うという趣味を否定するわけではない。自分がそうだったというだけで、これはもはや何に対して価値を置くのかという価値観の問題だろう。その証拠に、長い間住む住居にはかなりの額を支払ったが、そこに対する損失感はほとんどない。

本当にいい買い物をしたと、後悔は少しもなかった。

「実家では、食べ物と住むところは悲惨だったしね……」

だからこそ反対に、高価な服飾品に興味が湧かないのだろう。

「私は……いいかな」

何回か購入していれば慣れるのかもしれないが、慣れる必要もないし、ハマったら莫大なお金が飛んでいくことになる。

まだ八十九億マニー以上残っているとはいえ、お金は使っているといつか消えてしまう。

それも、服飾品の価格は天井知らずだ。

実家でマリンやナタリーが数百万、数千万の服飾品をポンポン購入していた。

そのせいで家の財政が傾くのを間近で見てきた身としては、想像するだけで冷や汗が出る。

「私には高価な服飾品が性に合わないってことがわかっただけでも、よしとしよう……」

こうやって色々試してみるのはいいことだと思った。

自分は何が好きで、何が嫌いで、何をすると楽しいのか。今までわからなかった自分という人間を解明していくことは、まだ先の長い人生を豊かに過ごす上で大事だと思った。

そのための時間も、お金も、たくさんあるのだから。

ぐうううう～……。

「私のお腹、いつも盛大に鳴るわね……」

思わず笑みがこぼれる。ちょっぴり頬がいちご色になった。日常的にたくさんのご飯を食べられるようになったからか、空腹になるとすぐに合図をしてくれるようになった。とりあえず、こもれびベーカリーで買った山盛りのパンを食べようかと立ち上がり……ぴたりと止まる。

そして逡巡した後、豪華なドレスを見上げてリリアは言った。

「せっかく買ったんだし……」

パンは明日食べようと、リリアは決めた。

◇◇◇

買ったばかりのドレスを着て、繁華街の中心にある、いかにも高級レストランにリリアはやってきた。三階にあるレストランの重厚な扉をくぐるなり、リリアは異世界に来たような気持ちになる。

床には豪華な赤のカーペットが敷かれ、煌びやかな装飾で彩られた壁が高級感を醸《かも》し出している。

間接照明によって落ち着いたムードを保ちながらも、贅を尽くした内装が眩しいほど輝いていた。

高級レストランだけあって、客層は美しく着飾った男女、著名人や社交界のセレブらしき人々が会話を交わし笑い声を上げている。あちらこちらで、淡い香りの高級シガーや香水の匂いが漂っていた。

「いらっしゃいませ。一名さまでしょうか？」

「あっ、はいっ……」

「かしこまりました。こちらの席へどうぞ」

圧倒的な場違い感で小さくなっていたリリアを、ウェイターがテキパキと大きなテーブル席へ案内してくれる。白いクロスがかけられた四人くらい座れそうなテーブルで、大衆レストランとは明らかに違う待遇だった。

料理はアラカルトではなく五万マニーのコース一択らしい。

（五万マニー……クロワッサン約百七十個分……）

なんてことを考えながら戦慄しているリリアに、ウェイターがメニューを持ってくる。

「お飲み物はいかがいたしましょうか？」

やけに大きなドリンクのメニュー表をリリアはまじまじと見つめる。

（な、何書いてるか全然わからない……!!）

細々と色々と書いてあるが、どれも聞いたことのない単語だ。一度見たものを忘れない能力を持っていることを考えると、生涯で一度も見たことがない単語なのだろう。

唯一わかるのはソフトドリンクの欄の水やコーヒーくらいだった。

（でも、せっかくいいお店に来たんだし……）

意を決して、リリアはウェイターに尋ねる。

「な、何か……お勧めのものはございますか？」

「当店のお勧めは百二十種類ほど取り揃えたワインになります。失礼ながら、お客さまは成人されておりますでしょうか？」

「あ、はい。十六になります」

成人しているものの、お酒なんて嗜好品を飲ませてもらったことは一度もない。

ものは試しにと、お酒に挑戦してみようと思った。

「でしたら大丈夫ですね。赤が好き、白が好き、甘め辛めがどちらが好きなどはございますでしょうか？」

「えっと……じゃあ赤で、甘めだと嬉しいかもです」

赤の方がブドウっぽくて甘そう、という短絡的な考えから赤にした。

「赤で甘めですと……ドイルン帝国産のフェルデルナーなどいかがでしょうか？　チェリーやカシス系の味をベースに、軽くて柔らかな果実感が特徴のワインでございます」

「あ、じゃあそれで……」

「かしこまりました。グラスですか、ボトルですか？」

「えーーーっと……ボトルですと多いですよね？」

「お客さまお一人だと……そうですね、よほど強い方でなければ、グラスがよろしいかと思います」

「そうですよね、グラスでお願いします」

「かしこまりました。少々お待ちを」

深々と頭を下げて、ウェイターは立ち去っていった。

「な、なかなか緊張するわ……」

飲み物ひとつ頼むだけでもこんなに情報量があるのかと、リリアは椅子から滑り落ちそうになる。

こんな格式ばった店に来るのは初めてだし、何より自分という存在が場違いで申し訳ない気持ちになった。肩書きだけ見ると、リリアは伯爵家の令嬢でこの場にふさわしい人間なのかもしれない。しかし実際の境遇は、貴族令嬢と正反対の生活を送ってきている。

困窮マインドが板についているリリアにとっては、非常に居心地の悪い空間だった。

まだ料理は一品も来ていないのに、随分と消耗していた。

(いけない、いけない。せっかく来たんだから、楽しまないと)

ぺちぺちと頬を叩いて、リリアは意気込んだ。

ほどなくして、ウェイターがグラスと赤ワインのボトルを持ってやってきた。

(あれ……ボトルで頼んだっけ?)

そう思っていると、ウェイターは目の前でグラスにワインを注いでくれた。

最後、飲み口をきれいなナプキンで拭き取る仕草まで洗練された動作で美しい。

「ごゆっくりどうぞ」

ウェイターが立ち去った後、リリアは恐る恐る人生初めてのお酒を口にした。

「甘い……」

口の中に瑞々しいチェリーやカシスの果実の味が広がる。

その奥にほのかな渋みを感じた。少々ツンとした刺激と共にスッと鼻腔をすり抜けるフルーティな風味が、味わいを一層豊かにする。

「これが、お酒の味……」

何やら大人の階段を昇ったような、妙な充実感を覚えていると。

「お待たせいたしました」

ウェイターが大きな皿を持ってやってきた。

「こちら、前菜のブルーニュ産の帆立貝と黒トリュフのムース、オレンジのジュレ添えでございます。この帆立貝は、ブルーニュの冷たい海で育ち、甘味と柔らかな食感が特徴です。黒トリュフのムースと合わせることで、豊かな香りと上品な風味が生まれております。そして……」

ウェイターが何やら丁寧に説明しているが、リリアはそれどころじゃなかった。

(ちっちゃい……)

前菜を見てリリアが見た印象はそれだった。

大きな皿のわりに料理は小さく、一口でおしまいくらいのボリュームだ。

「それでは、ごゆっくりご賞味ください」

ウェイターが立ち去った後、とりあえず前菜を口に運ぶ。やっぱり、一口サイズだった。

「美味しい……」

確かに美味しい。だけど。

(あ、味が全然わからない……!!)

今まで食べたことのない味すぎて判断に困る、というのが正直なところだった。

色々な味が混ざり合って、複雑で、なんだろうと考えている間になくなってしまう。

すると見計らったかのように、二品目の料理もやってきた。

「こちら、海の幸のクリームブリュレでございます。オマール海老、サーモン、あわびなどさまざまな海の幸を濃厚なクリームで固めております。表面はサクッと焼き上げ、上にはキャビアと金箔をトッピングし……」

（また、ちっちゃい……）

ウェイターが説明している間、リリアはまたしょんぼりした。

説明を終えてウェイターが去った後。

「これも経験、これも経験……」

呟きながら、リリアは二品目に手を伸ばすのだった。

◇◇◇

「……足りない」

コースもあとはデザートが出てくるばかりとなった時、リリアはしょんぼり顔で呟いた。

コース料理は全部で八品ほどあった気がするが、どれもお皿が大きいわりに量が少なく、とてもじゃないがお腹が満たされるものではなかった。加えてどれも芸術品を食べているような心地になって、『なんだろこれ……』と思っている間に飲み込んでしまった。

唯一味がわかったのは、メインで出てきた牛フィレ肉のロッシーニ的な何か。

それも感想は「あ、美味しい牛肉だ……」とシェフが聞いたら引っ叩かれそうなものである。

最近はまともな物を食べるようになったとはいえ、元々カビパンや腐ったスープを食べていたリリアの舌が、高級レストランのディナーの味を理解できるはずもない。

（これで一人五万マニーは……正直、うーん……）

そもそもの話、このような高級店でボリュームを求めるのが間違っているのだろうが、だとしてもリリアには足りなすぎた。

なんとも言えない気持ちになっている間に、最後のデザートがやってきた。

デザートもひと工夫もふた工夫もされた彫刻品のような見た目だったが、ベースがガトーショコラだったため、これは美味しく食べられそうだ。

「おいし……」

ガトーショコラを突き、もう何杯目かわからないワインをあおるリリア。

お酒は初めてだったが、これはいいかもしれないと思った。

飲んでいると、ぽわぽわして、芯が温まるような感覚が身体を包む。

この感覚は新鮮で、ちょっと楽しかった。

グラスに口をつけながらふと、リリアは店内を見回す。

どのテーブルもカップルか、家族連れか、友人の集まりのようだった。

みんなそれぞれ会話に花を咲かせ、時折笑顔が弾けている。

楽しそうで、幸せそうで、リリアの胸がちくりと痛んだ。ぐいっと、ワインを一気にあおる。

（私、何やってるんだろ……）

見る限り、数いる客の中で一人なのは自分だけだった。

豪華なドレスを着て、一人で高級レストランでコースディナーを食べている。

その事実に、なんとも言えない虚《むな》しさを感じていた。

自分の居場所はここじゃない。

そんな、自己否定めいた思考が湧いてきて、胸に黒い雲がかかった。

今すぐここから帰りたい気持ちが湧き上がったが、まだ食後の紅茶が待っている。

加えてワインを何杯も飲んだせいか、少し気分が悪くなってきた。

思わずリリアは立ち上がって、ウェイターに言った。

「すみません、少し休憩できるところとか、あったりしますか？」

「かしこまりました。では、こちらへ」

ウェイターの案内で、リリアはテラスにやってきた。

レストランのテラスは広々としていて、心地のいい風がふわりと吹いている。

暖かい季節にはここでも食事がとれるのか、木製の机や椅子がいくつも設置されていた。

三階テラスから望むパルケの街並みをぼうっと見ながら、リリアは呟く。

「一人なんだなあ、私……」

パルケの街並みの光ひとつひとつにはたくさんの家庭があって、誰かが誰かと暮らしている。

そんな中、自分はたった一人。遠い異国の地から、お金だけ持って逃げてきた。

家族も、友達も、誰もいない。それを自覚した途端、暗闇に引き摺り込まれるような孤独感が心に広がった。本来であれば肌寒いくらいの十月の風が、凍えるように冷たい。

思わず、リリアは自分の身体を抱きしめた。その時。

「うぅ……」

急に自分以外の声がして、びくっとリリアは肩を震わせる。

声のした方を見ると……テラスの隅っこで、男が座り込み苦悶の表情を浮かべていた。

「だ、大丈夫ですか？」

思わずリリアは駆け寄って、声をかけた。

◇◇◇

「だ、大丈夫ですか!?」

テラスの隅でうずくまる男の下に駆け寄り、リリアは声をかけた。

男が力なく顔を上げ、視線が交差した途端、リリアは息を呑んだ。

年齢は二十代半ばか、後半くらいだろうか。

ハッとするほど端整な顔立ちで、目力の強い男だった。

社交の場では立っているだけで、何人もの令嬢に言い寄られるであろう美丈夫だった。

しかしそんな彼の顔色は悪く、冷や汗を掻いている。

短く切り揃えられた青みがかった髪は乱れていた。

大柄の体軀はパーティ用のタキシードに包まれているが、ところどころ着崩れている。

リリアは男から、濃い酒の匂いを嗅ぎ取った。

相当のアルコールを摂取したのだろうとリリアは察する。

男はリリアを見るなり目を見開いたが、やがて口を押さえて。

「うぷっ……」

お腹から魔物が迫り上がってくる気配を見せた。

「ああっ……!!」

思わずリリアは短い悲鳴を上げた。以前、父フィリップが酒を飲みすぎて吐瀉物を床に撒き散らしたのを一人、片付けさせられた記憶が蘇《よみがえ》ってくる。

このまま床のテラスに吐くのはまずいとリリアは瞬時に判断した。

「えっと、えっと……あっ！」

きょろきょろと辺りを見回し、タバコのマークがついたバケツを発見。

すぐさまそれをかっ攫《さら》って、男の前に置いた。

「ここにお願いします！」

リリアが言うと、男はバケツをガッと両手で掴み顔を突っ込んだ。

しばらくそうしていたが、何度もえずくだけで苦しそうにしていた。

（このままじゃ、息が詰まっちゃうかも……）

そう思ったリリアは男の首の後ろ襟を掴む。そして。

「ごめんなさい！　ちょっと失礼します！」

「何を……うぐおっ……!?」

男の言葉は、リリアが男の口に指を突っ込んだことによって断ち切られる。

喉奥まで指を強引に突っ込むことで、ようやく男は口からバケツに虹をかけることができた。

酸味のある臭いが立ち込める。買ったばかりのドレスやブレスレットが汚れてしまうのも厭《いと》わず、ただ楽にしてあげたいという一心で、リリアは男の口に指を突っ込んだ。

何回かの放流の後、浅い息をつく男の背中をリリアは優しく摩る。

「大丈夫、ですか？」

再度問いかけると、男は弱々しいながらも芯の通った声で返す。

「ああ、少し楽になった……」

「よかったです」

男の言葉に、リリアは胸を撫で下ろした。

「これ、よかったら」

リリアがハンカチを差し出して手渡す。

「そんなことよりも、ドレスが……」

男が首を横に振って言った時。

「お客さま、大丈夫ですか⁉」

いつまで経ってもリリアが帰ってこないことを不審に思ったのか、先ほどのウェイターがこちらに駆けてきていた。

「すみません！　この方が、体調を崩してしまったみたいで……」

リリアが事情を説明する。

ウェイターは男を見るなり、言わんこっちゃないとばかりに天を仰いだ。

「ジェラルドさま！　ボトルは開けない方がいいとあれほど……‼」

ウェイターが男に駆け寄って言う。しかしすぐさまリリアに向き直って。

「お客さまにはお手を煩《わずら》わせてしまい、大変申し訳ございません！　あとは私どもで対処しますので……」

「わ、わかりました……」

後からやってきたウェイターに連れられ、リリアはテラスを後にした。

「待……て……」

男は言葉を口にするも、リリアの耳には届かない。

「せめて、名前を……うぷっ……」

また嘔吐の波がやってきたのか、男が口に手を当てる。

それから再びバケツに虹をかけていた。

◇◇◇

テラスから店内に戻った後のことは、お酒が回っていたのとドタバタしていたのもあり、あまり記憶がない。何人ものウェイターに深々と頭を下げられ、謝罪とドレスのクリーニング代を渡されたことは覚えている。プラスで飲み物代も無料と言われてさすがに払いますと返したが、ウェイターの圧に押され、ありがたく五万マニーきっかりの支払いとなった。

レストランから帰ってくるなり、リリアはバスルームに直行した。

飲酒後に湯船に浸かるのはよくないと知識にあったため、サッと湯を浴びる程度で済ました。

寝巻きに着替えた後、酔いでふらつく身体に鞭打ってなんとかベッドにたどり着く。

「つか、れた……」

ポツリと、リリアは呟いた。

初めての高級レストランだったが、これもあまり性に合ってないように感じた。

味は確かに美味しいと感じたが、量が少なく、空気もどこかピリッとしていて落ち着かない。

少なくとも、普段行っているボリューム重視の大衆店の方が満足度が高いと感じた。

「あと多分……絶対に一人で行くようなお店じゃないよね……」

おそらく、誰かのお祝い事とか、デートとかで行くのが本来の用途なのだろう。

間違っても女一人でふらっと入るお店ではない。

なんにせよ自分にはまだ、ああいうお店は早いことがわかった。それだけでも収穫だろう。

「それにしても、かっこいい方だったな……」

ふと、あのテラスで出会った男のことを思い出す。

飲みすぎでグロッキーだったにもかかわらず、息が止まるような美丈夫だった。

思い返すと、初対面の男性の喉に手を突っ込んで吐かせるというなかなかのことをした気がするが、結果的に楽になったようでよかった。買ったばかりのドレスとブレスレットは男の吐瀉物で汚れてしまい、クリーニングに出さなくてはいけなくなったけど。

しかし不思議とリリアの心は晴れやかだった。

少しでも人の役に立てて良かったという気持ちで満たされていた。

「私もいつか、あんな素敵な人と出会って……ここここここここここ恋とかしちゃったりして……」

お酒が回っているからか、普段なら絶対に考えないようなことを考えてしまっている。

パタパタと、リリアは足を動かした。

恋愛なんて、マニルにいた頃の自分の立場では絶対に許されなかった。

だが、今の自分はパルケの一市民でしかない。

身分格差はあるものの、望めば恋だってできるのだ。

「……なんて、ね」

リリアは自嘲めいた笑みをこぼす。

十六年間否定され続けたリリアは、自分に対する自信は皆無に近い。

(私が誰かに好かれるなんて……あり得ないわ……)

心の底から、そう思っていた。少しだけ酔いが醒《さ》めた、その時。

ぎゅるるるる～～……。

「ああっ……また……」

誰かいるわけでもないのに恥ずかしくなって、思わずお腹を押さえる。明日食べる予定だった、こもれびベーカリーのクロワッサンでも齧ろうかと立ち上がった、その時。

「あ、れ……？」

ふらりと、身体が軸を失ったみたいにぐらつく。視界がぼやけて、ピントが合わなくなる。

気がつくと、リリアは再びベッドに倒れ込んでいた。

「飲みすぎ……？　ううん、これは……」

嫌な予感がして、リリアは自分の額に手を当てる。
掌に、じんわりと熱い温度。
明らかに平熱ではなかった。
自覚した途端に寒気も覚えて、リリアは思わずぶるりと肩を震わせた。

◇第四章　ジルとの出会い

「熱い……しんどい……目が回る……」

翌日。リリアは寝室で一人、毛布に包まってうんうん唸《うな》っていた。

頬は赤く、目は虚ろ。浅い息を何度も繰り返していた。昨晩、熱っぽいなと思い、すぐに就寝した。

朝起きると、熱はさらに上がっていて倦怠感もひどかった。

これは只事ではないと、なんとか気合いで病院に行って、例のお医者さんに診察してもらったところ、季節性の風邪ということだった。

(ドレス一枚でテラスへ出て風に当たってたし、最近不摂生だったし……思い当たる節はあるわね……)

そうリリアは思った。また大幅に環境が変わって、身体的にも精神的にも大きな負担がかかったのかもしれない。

とりあえず点滴を打ってもらって、薬草を調合した薬をもらった。とにかく安静にして、胃に負担のかからないものを食べて過ごすといいと言われたので、帰りに野菜と塩だけ買って帰宅。

実家では家事を強制され、掃除や洗濯は毎日のようにしていたが、唯一料理だけはさせてもらえなかった。汚らわしい娼婦が産んだ子だという理由で、食材に手を触れることをナタリーが許さなかったのだ。そんな経緯もあってリリアは料理をしたことが全くないのだが、病人とはいえ何かしら口に入れなければならない。

重い身体に鞭打って、リリアはクッタクタ野菜の薄味スープを作り上げた。

名前の通り、キャベツやにんじんなどの野菜はぐにょぐにょしているし、味は薄くお世辞にも美味しいとは言えないのだが、胃に負担がかからず栄養が摂れればそれでよかった。

あとは寝るだけだと、ベッドに入ったのだが。

「しん……どい……」

苦しそうにリリアは呟く。体調を崩すのは久しぶりだった。

そのたびに辛い思いをしていたのを覚えている。薄っぺらいタオルのような布団と硬いベッドで療養させられていた実家にいた頃よりもマシではあったが、しんどいものはしんどい。

それに……。

「寂しい……」

ぽつりと、呟く。しんと静まり返った家。カーテンは閉められていて薄暗い。

単身で暮らすには広い家で、ひとりぼっち。

体調を崩しているのも相まって、胸が凍るような心細さが到来している。

昨日、レストランに行った時に感じたのより何百倍も大きな孤独感がリリアの心を蝕《むしば》んでいた。

――誰かに、そばにいてほしい。

心からそう思った。

「まあ、無理……よね」

いくらお金があっても、好きな物が買えたとしても、今一番欲しいものが手に入らない。

なんとも皮肉な状況に、リリアは自嘲めいた笑みをこぼす。

心に広がる極寒から逃れるように、リリアは再び眠りについた。

◇◇◇

翌日には熱は下がった。念の為もう一日安静にしたら、倦怠感も消えてなくなった。

「よかった……」

ベッドに腰掛けて、リリアは安堵の息を漏らす。

病み上がりということでまだ少しふらついているが、体調は平常時に戻っていた。

ぐうううう～～……。

安心したら、お腹がいつもの合図を奏でた。

「わかった、わかったからっ」

頬を赤くし、リリアはお腹を押さえる。

この二日間、クタクタ野菜の薄味スープしか入れていない胃袋は、すっかり空っぽだ。

「もう、普通に食べて大丈夫よね……」

そう判断し、リリアはベッドから降りた。

◇◇◇

病み上がりということで重い物は食べられない。

パンなら大丈夫だろうと、リリアは今日も今日とてこもれびベーカリーに足を運んだ。

「あっ」

「リリアちゃん！」

「エルシーさん！」

思わぬ再会だった。

パルケに来て初日に泊まったホテルのスタッフ、エルシーとばったり出会った。

「わーっ、久しぶり……でもないかな？　まだこの国にいたのね！」

リリアを見るなり、エルシーは嬉しそうに声を弾ませる。

「えっと……実は色々あって、この国に住むことになりまして……」

リリアが言うと、エルシーはきょとんとした。

「えええっ!? 本当に!? どういう経緯で!?」

目を見開き驚愕するエルシー。当然だろう。

前回会った時、リリアは外国からの旅行者だった。

それが、数日後に会うと『この国に住むことになりました』と言われたのだから。

「えっと、本当に色々ありまして……」

まさかエルシーと再会するとは思っておらず、それっぽい言い訳もなく濁した返答になってしまう。

(全部正直に話すわけにはいかないわよね……)

隣国の伯爵家出身で、家族に騙され処刑されるのを免れるために宝くじで百億マニーを当てて、永住権を獲得しました、なんてそれこそ創作だと思われてしまいそうだ。

「なるほど、色々訳ありなのね……」

どういう経緯でリリアがこの国に住むことになったのか、エルシーに深掘りする気はないようだった。

こちらにも色々事情があることを察してくれたのかもしれない。

ホッとリリアは胸を撫で下ろす。

「それで、どの辺りに住んでるの？」

「えっと……このパン屋さんを出て、右の大通りを進んで三つ目の十字路を左に曲がって、少ししたところです」

「めちゃくちゃここから近いじゃん！　いいところに家を構えたわね」

感心したようにエルシーは頷く。

それから名案とばかりに言った。

「せっかくだし、また一緒に食べよ！　この後仕事だから、あまり長くは話せないけど」

エルシーの提案に、リリアは勢いよく頷いた。

「はい、ぜひ！」

◇◇◇

エルシーとの食事はとても楽しかった。エルシーはこの国のお勧めスポット、自分の仕事のこと、他愛のない身の上話などを話してくれた。リリアは事情が特殊なため、あまり話を広げられなかったが、近所にあるボリューミーで美味しいお店の話で盛り上がった。また昨日一昨日と体調を崩したことを言うと、エルシーは心から心配そうにリリアを気遣ってくれた。

本当に優しい人なんだなと、リリアは改めて思った。パンを食べ終え、また一緒にご飯をしようと約束して、これからホテルの仕事に向かうエルシーと別れた後。

「楽しかったな……」

家への道を歩きながらリリアは呟く。

パンを食べながらエルシーとお喋りするのは、とても楽しい時間だった。

この国に来て、一番楽しいひとときだったかもしれない。

寂しさと病み上がりで沈んでいた心が弾んで、自然と足取りも軽くなる。

(もしかして、高い食べ物や高価な服飾品にお金を使うより、人と交流している時の方が楽しかったり……？)

そんな予感を覚えながら、歩いていると。

「待てやてめぇ!! 逃げるんじゃやねえ!!」

突如響き渡った怒号に、リリアはビクッと肩を震わせる。思わず声のした方を振り向くと、くすんだ茶色の髪を背中まで下ろした少女が、こちらに走ってきているのが見えた。

「えっ、えっ……!?」

困惑していると、少女はリリアの後ろに隠れるように回った。

遅れて、大柄で毛深く、お世辞にも身なりがいいとも思えない男が荒い息をつきながらやってきた。

「もう逃げられねえぞ！」

リリアの後ろに隠れた少女を指差して、男は声高らかに叫んだ。

◇◇◇

「もう逃げられねえぞ！」

リリアの後ろに隠れた少女を指差して、男は唾を飛ばしながら叫ぶ。

一方の少女は、濁ったブルーの双眸に敵愾心《てきがいしん》を剝き出しにして男を睨んでいた。

（えっ……えっ……何が起こっているの？）

リリアは混乱する。少女は見たところ、七、八歳くらいに見えた。

顔立ちは人形のように整っていて、将来は凄まじい美貌になることが窺える。

背は低く、身体の線は細い。背中まで下ろした茶色い髪はくすみ傷んでいる。

着ている服は薄汚れていて、見るからに寒そうだ。

「いい加減にしろ！　こんな時に脱走しやがって！　いくらでお前を買ったと思ってるんだ！」

男の言葉と、少女の骨のように細い手首に片方だけ嵌《はま》った、太く無骨な手錠を見てリリアはハッとする。

（奴隷……）

リリアの頭に、そんな言葉が浮かんだ。

この少女は奴隷で、男は奴隷商か何かだと、リリアは推測する。

ハルーア王国を含め、近隣諸国では奴隷制を導入している国は多い。

敗戦国の国民や、未開の地の原住民族を連れてきて、そのまま商品として売買するのだ。

ある者は労働力として、ある者は金持ちの召使いや慰みものとして、人権や尊厳は無視された扱いを受ける。近年、奴隷制廃止の声は高まっているものの、まだまだ採用している国は多い。

ここフラニア共和国もそうなのだろう。

リリア自身、知識として奴隷の存在を知っていた。しかしリリア自身がずっと屋敷に閉じ込められ、奴隷のような扱いを受けていたのもあり、実際に目にするのは初めてだった。

日常的にひどい扱いを受けているのが一目でわかる少女の風貌に、リリアの胸がずきりと痛んだ。

「お嬢ちゃん、悪いがそのガキを引き渡してくれねえか？　うちの大事な商品なんでね」

男が言うと、少女はぶんぶんと顔を横に振った。

「ああ!?　てめぇふざけてんのか!?」

男の罵声に、少女は怯えたように目を瞑《つむ》った。

「あの……とりあえず落ち着きませんか？　この子、怖がっていますし……」

「ああ？　お前には関係ねえだろ!?」

苛立ちを隠そうともせず、男が怒声を放つ。しかし不思議とリリアは冷静だった。
実家で罵声怒声を日常的に浴びていたから、慣れているというのもある。
それよりも、少女の方が心配だった。
（震えている……）
ぎゅ、とリリアのスカートを摑む少女の手が、ぷるぷると震えていた。
会話を聞く限り、少女は男の下から逃げてきたようだった。
もし男に捕まったら、その後は……想像もしたくない。
（ここで、この子を引き渡したら……）
きっと、一生後悔する。その確信があった。
リリアの脳裏には、実家での辛い日々が浮かんでいた。
（放っておけない……）
衝動的に、リリアはそう思った。
「買います」
気がつくと、リリアはそう口走っていた。
「この子、私が買います」
男の目を見据え、リリアは毅然《きぜん》と言い放つ。
リリアの言葉に男はきょとんとしていたが、やがてぷっと噴き出して。

「ぶわっはっはっはっは!!　ひー！　お腹痛い！　お嬢ちゃん、なかなか冗談うまいじゃねぇか！」

ばんばんと膝を叩きながら、男は下卑た笑い声を上げる。そして、ニヤリと笑って言った。

「そいつはなかなか市場に出回らない一級品だ。健康状態もよく、おまけに容姿もいい。今日のオークションに出す目玉商品で、落札額は一億はくだらねぇだろうよ」

「一億……」

男が口にした値段を、リリアは反芻する。

「そうだ、一億だ！　お前みたいな小娘に払えるわけねぇだろうが！　わかったらとっととそのガキを渡して……」

「二億」

「……は？」

指を二本立てて、リリアは言い放った。

「二億マニーなら、どうですか？」

◇◇◇

「これで、お前は自由の身だ」

パルケ中央銀行の前。少女の手首に嵌められた手錠を、男が解錠する。

そして男はリリアを見やって、ニヤリと笑った。

「お嬢ちゃん、なかなか肝が据わってるな。恐れ入ったぜ」

「いえ、それほどでも……」

引きつった笑みを浮かべ、言葉少なにリリアは返した。確かに思い返してみると、見るからにガラの悪い奴隷商になかなか思い切ったことをしたものだと思う。

一度死を経験しているのもあって、以前よりも精神的に強くなっているのかもしれない。

まだリリアの後ろに隠れている少女を見て、男は言った。

「幸運の女神に感謝するんだな」

リリアが銀行で下ろした二億マニーの証書を持って、男はご機嫌そうに立ち去っていった。

本来であれば一億マニーで売る予定がその二倍の金が手に入ったのだから、男としては大満足の成果だろう。

（二億マニー、か……）

改めて、リリアは思う。二億マニーは大金だ。

普通の一般庶民だと、一生働いてやっと払えるかどうかという額だ。

しかし、リリアに後悔はなかった。五万のレストラン代や百万のドレス代よりも、二億で少女を救えた方がよっぽど価値があると感じていた。銀行の残高は八十五億ほどになった。

他人からすると、見ず知らずの子供に二億マニーを支払うなんて馬鹿げていると思われるだろう。

しかし、リリアは自分の行いを間違っているとは思わなかった。

これで少女が助かったのなら、後悔はなかった。

「ありが、とう……ございます」

二人きりになってから、少女が小さく感謝の言葉を口にする。

少女の声は中性的で、心地よい響きを纏っていた。

「どういたしまして」

リリアは少女に、柔らかく微笑む。膝を曲げ、安心させるように少女の頭を撫でた。

するとゴワゴワとした感触と共に髪からぶわりと埃が舞って、少女がゴホゴホと咳き込んだ。

「ああっ、ごめんね」

慌ててリリアが謝ると、少女はふるふると首を横に揺らした。

「……さて、と」

リリアは立ち上がり、少女に言う。

「もう貴女は自由よ。どこへ行ってもいいし、何をしてもいいわ」

二億マニーで購入したとはいえ、リリアは少女を奴隷として扱う気はさらさらなかった。

解放して、これから好きな人生を歩んでほしいと思っていた。

という意図を含んでリリアが言ったつもりが、少女はその場から動こうとしない。

手をもじもじさせて、所在なさげに視線をうろつかせた。

リリアはハッとする。

「行くところ、ないの？」

こくりと、目を伏せたまま少女は頷く。よくよく考えれば当然のことだ。

彼女の生い立ちはわからないが、まともな家庭で育っていたら奴隷にはならないはずだ。

きっと、身寄りも頼れる人もいないのだろう。また、リリアの胸がずきんと痛んだ。

「……じゃあ、うちに来る？」

自然と、リリアはそう提案していた。

後から考えると、この提案には色々な感情が含まれていた。

この子をこのまま放っておけないという気持ち。

この子を買ったのは自分なんだから、しばらくは面倒を見ないとという責任感。

そして……あの広く寂しい家で、少しだけでも誰かと過ごしたいという下心。

少女が顔を上げる。

いいの？　とばかりに、目を丸くしていた。

「もちろん」

にこりと笑ってリリアが言うと、少女は濁った瞳にほのかな輝きを浮かべて、しっかりと頷いた。

その所作が可愛らしくて、リリアは思わず笑みをこぼす。

リリアが手を差し出すと、少女はおずおずと手を重ねてくれる。

少女の手は小さくて、少しでも力を入れたら折れてしまいそうな怖さがあった。

優しく少女の手を握って、リリアは家に向かう。

――こうして、ひとりぼっちとひとりぼっちが、出逢ったのだった。

◇◇◇

少女を連れて帰宅する頃には、すっかり陽が沈んでいた。

家に着くまで、少女が言葉を口にすることはなかった。

「今日からここが、あなたの家よ」

リリアが言うと、少女はリビングをきょろきょろと見回している。

（少し広めの家を買っておいてよかった……）

心からリリアは思った。元々夫婦や家族用の家ということもあって、ひとり子供が増えるとなってもゆったりと過ごせそうである。

「さて、と……まずはお風呂かな？」

見たところ少女はろくに水浴びもさせてもらっていないのか、かなり汚れている。

とりあえず身体を洗ってあげた方がよさそうだと、リリアはバスルームに案内しようとし……。

ぎゅるるるる〜〜〜……!!

「えっ、嘘!? さっき食べたのに……あれ？」

盛大に空腹の合図が聞こえたが、自分のお腹が鳴ったわけではなかった。

ハッとして見ると、少女がお腹を押さえ頬を赤くしていた。

「……」

「……」

「お腹すいたの？」

ぶんぶんっ。少女が慌てたように顔を横に振る。

しかし誤魔化しも虚しく、またまたぎゅるるる〜っとお腹が鳴った。

少女の顔が茹でたタコみたいな色になる。

「ふふっ、お腹ぺこぺこなのね」

こくりと、観念したように少女は頷いた。

「じゃあ、まずはご飯にしよっか。何食べたい？」

尋ねると、少女が顔を上げる。

そして少し思案顔をした後、少女の指がキッチンの鍋を差した。

「あれ、何ですか？」

「えっと……野菜スープ的な？」

リリアが体調を崩している間にお世話になっていた、クタクタ野菜の薄味塩スープである。

「食べても、いいですか？」

「ええっ、そんなに美味しくないと思うよ……？」

どうせ食べるなら、もっと美味しいものを買ってきた方が……とリリアは思ったが、少女は再び頭を横に振って言った。

「美味しそうな、匂いがします……」

「匂い……？」

少女の言葉に、リリアは息を呑む。

極限の空腹状態だと、味覚や嗅覚が異様に研ぎ澄まされる。

それはリリアにも経験があった。少女はきっと、薄味で野菜しか入れていないスープの匂いすら察知できるほどお腹が空いているのだ。

早く何か、この子に食べさせてあげたいとリリアは思った。

（そもそも、この子は今までろくな物を食べさせてもらっていないだろうから……）

少女の今までの立場や痩せ加減から見てそう考えるのが妥当だろう。

そんな中、急にご馳走を食べさせたらお腹を壊してしまう。

以前、餓死ギリギリの食生活で胃袋が弱っていたリリアだからこそわかること。

よって、まずはこの野菜スープを飲んでもらうのはいいように思えた。

「じゃあ準備するから、ちょっとそこに座っててね」

準備といっても温めるだけであるが、野菜を追加したりしてできる限り味を調《ととの》えた。お椀によそったスープを、ちょこんと椅子に座って待っている少女の前にスプーンと一緒に置く。ごくりと、少女が喉を鳴らす音が聞こえた。

「お待たせ。さあ、召し上がれ」

少女の隣に座ってリリアが手を差し出す。すると、少女は不思議そうにリリアを見上げた。

「お姉さんは、食べないのですか？」

「あ、私はもう夜は食べてるから、大丈夫」

「そうなの、ですね……」

少女がスプーンを手に取る一方で、（優しい子なんだな……）とリリアは思った。

スープを一口啜《すす》ると少女の目が大きく見開かれた。

「美味しい？」

こくりと少女が頷き、再びスプーンをお椀に入れる。

二口目、三口目と、スープを掬っては口に運ぶ少女の姿はまるで飢えた子猫のよう。

（よっぽどお腹が空いてたのね……）

はぐはぐと野菜スープを食べる少女を微笑ましく眺めていると。

「……ぐすっ」

「うぇっ!?　どうしたの!?」

なんの前触れもなく少女が嗚咽《おえつ》を漏らした。そして、少女の頬を一筋の涙が伝う。

「だ、大丈夫？　もしかして、嫌いなものとか……」

少女が勢いよく頭を振る。そして一言だけ、言葉を落とした。

「……美味しいん、です」

何かが、リリアの胸にストンと落ちた。

（この子……あの時の私と一緒だ……）

パルケに逃げてきた翌日。

エルシーと一緒に、あのクロワッサンを食べた時。ようやく地獄から逃げ出せて、ちゃんとした物を食べることができて、人前だというのに涙が溢れてしまった。

この少女も恐らく、あの時の自分と同じ気持ちを抱いているのだろう。

そう思うと、リリアの胸がきゅうっと締まった。

思わず抱きしめたくなったのを抑えて……代わりに、手を伸ばす。

少女の背中を、リリアは優しく撫でた。

まるで、大切な宝物を扱うかのように、ゆっくりと。そして、落ち着いた声で言った。

「安心して、もう大丈夫だから……ゆっくり食べてね」

少女が頷くと、銀の雫が空気を舞ってきらりと光る。

ぽろぽろと涙を流しながらスープを啜る少女の背中を、リリアはずっと撫で続けていた。

◇◇◇

よっぽどお腹が空いていたのか、少女は残りの野菜スープを全部平らげてしまった。

「ご馳走さま、でした……」

目を真っ赤に腫らした少女が小さく呟く。

「お腹いっぱい？」

リリアが尋ねると、こくりと頷く少女。

人目を憚《はばか》らず泣いてしまったのが恥ずかしいのか、どこか気まずそうだ。

「よかった！　それじゃ、お風呂に入りましょうか」

にっこりと笑ってリリアは言う。

「おふ、ろ……？」

きょとんと、少女は首を傾げた。

◇◇◇

お風呂という存在自体、少女にとって初耳だったらしい。

あれよあれよという間に服を脱がされ、タオルを身体に巻かれ呆然とする少女を、リリアはバスルームへ連れてきた。この家のバスルームは広く、洗い場のスペースだけでちょっとした広さがある。

バスタブも大人がゆうに二人入れるほど広く、蛇口を捻《ひね》れば温かいお湯が出てくる最新式の機能を装備していた。少女が食事をとっている間に、リリアはバスタブにお湯を溜めておいた。

ほかほかと湯気が立つバスルームに二人で入る。

「お風呂に入る前に、一旦身体をきれいにしよっか」

言葉は返ってこなかった。心なしか、肩が震えているように見える。

「ごめんね、びっくりしたよね。でも大丈夫！　私もパルケに来て初めてお風呂に入った時、同じ気持ちだったわ」

少女が先ほどから硬直しているのは、初めてのお風呂に驚いているからだとリリアは考えた。

奴隷だったことを考えると、これほどのお湯で身体を清めるなど初体験に違いない。

椅子に座って身体を丸めている少女の後ろに、リリアが膝を床について立つ。

「シャンプーが目に入るといけないから、目瞑っててね」

リリアが言うと、少女はぎゅっと目を瞑った。

髪を軽くお湯で濡らした後、シャンプーをつけてわしゃわしゃと少女の髪を洗う。

(ふふっ、ちょっと楽しいかも……)

微笑ましい気持ちになりながら、丁寧に少女の髪を洗っていると、あることに気づいた。

髪を洗っていくうちに、茶色い髪が金色へと変化していたのだ。

「あれ、これって……」

おそらく、髪の茶色は汚れとくすみのせいだったのだろう。時間をかけて洗い終わると、そこには茶髪の少女はおらず、きれいなブロンドの髪をした少女が誕生していた。

「きれい……」

思わず呟くリリアに、少女は恥ずかしそうに「うぅ……」と縮こまっている。

絹のような輝きを放つその髪に、リリアは思わず見惚れてしまっていた。

(はっ、いけないいけない。早く洗ってあげないと、風邪をひいてしまうわ)

「次に身体をきれいにしようね」

そう言って、リリアはバスタオルに手をかけた。

そこで少女がハッとして、バスタオルに包まれた身体を抱きしめる。

「どうしたの？　バスタオル越しじゃ、身体を洗えないから、ほら」

ぶんぶんっ!!

少女が頭を勢いよく横に振る。

「やっ、やめっ……」

「ほら、暴れないの」

じたばたと抵抗する少女をリリアは押さえつける。リリアも小柄とは言え、少女の方がもっと線が細い。年齢差もあり、少女はリリアの力に抗《あらが》えない。

そうして、リリアはバスタオルを引き剝《は》がそうとして……。

「ちょっ……僕はっ……」

(……僕?)

ぴたりと、リリアの動きが止まった。その隙を突いて、少女が立ち上がる。

瞬間、水気を帯びた床のせいでつるんっと少女が滑った。

「危ない！」

慌ててリリアが少女を支えようとした時——女の子にないはずのモノの感触が、リリアの手に触れた。

「〜〜〜〜〜!?!?!?!?!?」

言葉にならない悲鳴を上げる少女。

バスタオルを巻いたまま、少女(?)はバッとリリアと距離を取った。

涙目になって「ふーっ……ふーっ……」と息を荒くする様はまるで、威嚇する子猫のよう。

「まさか、貴方……」

わなわなと震える声で、リリアは尋ねる。

「男の、子……？」

ぶんっ、と少女――改め少年が、抗議めいた目をして勢いよく頷く。

「えええぇぇえぇぇえぇえぇぇぇぇぇ～～～～～～～～～～～!?!?!?!?」

リリアの叫び声が、バスルームに響いた。

◇◇◇

「えっと……ごめんね？」

リビングのソファの上。

ブランケットに包まり膝を抱えて座る少年に、リリアは申し訳なさそうに声をかけた。

「…………」

少年はリリアに背を向けたまま無言。

（あぁっ、完全に警戒されちゃってる……!!）

リリアは頭を抱えた。先ほどのバスルームでの騒動のせいで、少年はリリアへの警戒心をあらわにしていた。ちなみに少年はリリアの寝巻きを着ている。

少しサイズが大きく不恰好だが、今まで着ていたぼろ切れに比べれば圧倒的にマシだろう。

少年が寝巻きを着た姿を見て、リリアが（か、可愛い……!!）と言いそうになったのを必死で呑み込んだのは内緒である。

「その……本当にごめんなさい……まさか男の子とは思っていなくて……」

リリアが弁明するも、少年はむすっとしたまま動かない。

（ううう……こんな時、どうすれば……）

これまでの家庭環境のこともあり、拗《す》ねたこの年頃の男の子をどう宥《なだ》めていいのか、リリアにはわからない。

（このまま口をきいてくれなくなったら……）

さーーっと、リリアの顔から血の気が引いたその時。

ぐううう～～……。

お腹の虫の鳴き声がリビングに響く。

「えっ……またっ？　こんな時……に……？」

自分が鳴らしたのではないと、リリアは気づいた。

見ると、少年を包むブランケットが一層小さくなっている。

心なしか、ぷるぷると震えていた。くすり、と思わずリリアは笑みを漏らす。

それから立ち上がり、机のパンを手に取った。

「どうぞ」

一口サイズにちぎったクロワッサンを、リリアは少年のそばに差し出す。

「僕は、猫じゃないです……」

やっと言葉を口にしたかと思えば、少年はブランケットからにゅっと手を出してクロワッサンを取った。ブランケットをごそごそさせて、少年はクロワッサンを食べる。

すると、ブランケットが捲れて少年の顔が姿を現した。

もぐもぐとクロワッサンを食べる少年の目がみるみるうちに見開かれる。

そんな少年の隣に座り、リリアは「美味しい？」と尋ねる。

「……はい、すごく」

「でしょう！　もうちょっとお腹が慣れたら、たくさん食べようね」

リリアが言うと、少年は濁った目に微かな光を灯《とも》してこくりと頷いた。

少しだけ警戒を解いてくれたようで、リリアはホッと胸を撫で下ろす。

(さすがはこもれびベーカリーのクロワッサンね……)

美味しいは全てを解決すると、しみじみ思うリリアであった。改めて、リリアは尋ねる。

「貴方、名前は？」

「……ジル」

「ジル君！　思い切り男の子の名前ね……最初に聞いておけばあんなことにはならなかったよね、ごめんね」

「いえ……この格好だと、間違われても仕方がありません」

少年改めジルはそう言って、深々と頭を下げる。

「こちらこそ、誤解をさせてしまって……それから、お風呂で暴れてしまってごめんなさい……どんな罰でも、受けます……」

その時、リリアは気づいた。

ジルの肩が、微かに震えていることに。直感的に、リリアは察した。

（ジル君は今まで、奴隷として扱われていた……）

そんな環境下で、主《あるじ》である大人を怒らせてしまうことは、生死に関わるほど恐ろしいことだったのだろう。同じような環境にいたリリアには、その気持ちが痛いほどわかった。

「ジル君、顔を上げて」

リリアの言葉に従って、ジルが顔を上げる。表情に浮かぶのは、怯えと恐怖。

自分の予想が正しかったのだと確信しつつ、リリアは柔らかく微笑む。

「ジル君は、何も悪くないわ」

なるべく安心させられるよう、優しく、穏やかな声で言う。

そうすると、ジルの表情に走っていた緊張が少しだけ取れた、ような気がした。

「私はリリア。よろしくね、ジル君」

「リリア……さん」

五文字の言葉を、ジルは噛みしめるように反芻する。

「こちらこそ……よろしくお願い、します……リリアさん」

未だぎこちないものの、ジルははっきりとそう口にした。

ジルの纏う少年特有のあどけなさに、リリアは思わず笑みをこぼす。

（それにしても……とてもしっかりした子ね……）

ジルが口にする言葉や所作を見て、リリアは思う。この年代の子と接したことはないリリアだったが、なんとなく言葉遣いや礼儀作法に大人っぽさがあると感じた。

そんなことを思っていると、ジルがふあ……と大きな欠伸《あくび》をした。

「眠くなっちゃった？」

こくりと、ジルは目をとろんとさせて頷く。

頷きの勢いそのまま前に倒れてしまいそうだ。お風呂でのひと騒動のせいか、あるいは緊張が解けて安心したのか、ジルの眠気が限界のようだった。

「今日は寝ちゃおっか。寝る場所は……どうしようかな。寝室もベッドもふたつあるから、ジル君は使ってない方の部屋で……」

ぽす……。

小さな衝撃と共に、温かい感触が肩に当たる。

見ると、ジルは目を閉じすぅすぅと規則正しい寝息を立てていた。

「………………あら？」

「よっぽど、疲れてたのね……」

無理もない。今日まで奴隷として扱われ、充分に眠れない日々を送っていたのだろう。

ジルの今までを想像すると、またリリアの胸に痛みが走った。それはともかくとして、ここで寝かせるわけにはいかない。ちゃんと寝室で寝ないと風邪をひいてしまうかもしれない。

ゆっくりと、リリアはジルを抱き抱えた。そして起こさないよう足音を立てずに歩く。

途中、ジルは「んぅ……」と声を漏らし身じろぎしたが、それだけだった。

よっせよっせと二階まで上がってきて、使ってない方の寝室のベッドに運ぶ。

枕に頭が収まるよう横たえ、布団を被せた。このまま明かりを消して自分の部屋で寝ようと思ったが、なんとなくリリアはジルの隣に身を横たえた。

（なんだか、不思議な気分……）

昨日までひとりぼっちだった家に、誰かが一緒に寝ている。

その事実に、ほのかに胸が温かくなった。

（改めて見ると、とてもきれいな顔立ちね……）

長い髪のせいもあるが、ジルは女の子と間違われても仕方がないほど整った顔立ちをしていた。

　きっと、大人になったらたくさんの女性たちを虜《とりこ》にする美丈夫に成長するだろう。

「ふあ……」

　思わず、リリアも欠伸をする。病み上がりということと、今日も色々あったためリリアの眠気もかなり濃くなっている。加えて、安心し切った無防備な表情を晒し眠るジルを見ていると、リリアの方も眠りに引き込まれていった。

（いけ、ない……自分の部屋で、寝ないと……）

　そう思いつつも、抗えない。瞼がゆっくりと落ちていく。

　気がつくと、リリアも寝息を立てていた。二人は一緒に、寄り添うようにして眠ったのだった。

◇◇◇

　リリアとジルが、一緒にすやすやと夢の世界を旅している頃。

　パルケの繁華街から少し外れた高級住宅街エリアの、とある屋敷。

「本当に、何度も調べたのか？」

　落ち着いた内装の執務室に男の声が響き渡る。年齢は二十代半ばほど。

　彫りの深い精悍《せいかん》な顔立ちは恐ろしく整っており、頬の上にある斬り傷の跡が特徴的だ。

目の合った者を射殺《いころ》すかのような強い眼力は、数々の修羅場を乗り越えてきた証でもあった。日頃の鍛錬《たんれん》のお陰で鍛え抜かれた体軀は引きしまっており、普段着の上からも筋肉の隆起が窺えた。

「はい、一通り調べまして。ジェラルドさまが仰る特徴に該当する貴族令嬢は、国内にはいないそうです」

男の部下が淡々と報告をしている。

「ということは、一般人か」

「もしくは、国外からの旅行者か」

部下の報告に、男――パルケ軍第一騎士団に所属する騎士、ジェラルドは落胆したように息を吐いた。ジェラルドは日々の訓練の傍《かたわ》ら、ある一人の女性を探していた。

三日前。とある高級レストランで出会った、赤髪の小柄な女性である。

騎士爵を持ち、代々優秀な騎士を輩出してきたソルドラ家に生まれたジェラルド。

ソルドラ家の騎士家系としての礎《いしずえ》を築いてきた先祖の血を受け継いだジェラルドも、その類稀な剣の才を若くして発揮した。騎士学校を首席で卒業し、誉れある第一騎士団に入団するというエリート街道をひた走ってきたジェラルドには、酒に弱いという弱点があった。先日新しく着任してきた上司がそれを知らず、とある祝いの場でジェラルドにお酒をパカパカと飲ませてしまう。結果、見事に酔いが回って気持ち悪くなったジェラルドは、テラスで体力の回復に注力しようとする。

　しかし、外からの攻撃は防げる百戦錬磨の騎士も内側からの攻撃に耐え切れず、グロッキーになって動けなくなってしまった。頭がぐわんぐわんして、吐き気があるのに吐けないという地獄のような状態に陥っていた時、救世主に出会った。

　――だ、大丈夫ですか!?

　うずくまっている自分の下に駆けつけ、介抱してくれた。それが、例の赤髪の少女だった。

「クリスは、彼女の素性についてどう思う？」

「そうですね……」

　ジェラルドが信頼を厚くしている部下クリスは、うーんと顎に手を添えてから進言する。

「貴族令嬢の線はないでしょう。繰り返しになりますが、国中の同じくらいの年齢層の令嬢を調べましたが、浮上してきません。それに……」

　ふっ……と小さな笑みを浮かべてクリスは続ける。

「初対面で見ず知らずの酔っ払いの喉に指を突っ込んで吐かせる令嬢なんて、聞いたことがありませんよ」

「……うっ」

　思い出したくないことを思い出し、ジェラルドは詰まったような声を漏らした。うら若き女性に指を喉に突っ込まれ介抱されるなんて、騎士としては一生の恥どころではない話だ。

しかしお陰でだいぶ楽になって助かったことも事実。あの時はあまりにも予想外の展開に驚愕したものだが、結果的にあれは彼女の優しく、思い切りがいい性格から来る行動であったとわかる。

クリスが話を続ける。

「一般人ではあると思うのですが、属性が不明ですね。そもそも、一人であの店で夕食をとる時点で、ちょっと不思議ですし……」

「それもそうだよな」

レストランの従業員に聞いた情報によると、彼女の年齢は（自称）十六歳で、一人で来て食事をとっていたらしい。庶民が来るには高く、ましてやお祝い事やデートなどで使うようなレストランに一人で来店する理由もわからず不思議だった。

……まさか彼女が隣国の伯爵令嬢で、死に戻り百億マニーを獲得し、フラニア共和国に逃亡。虚無な毎日に痺れを切らし、高級レストランに背伸びして食べに来ていた、なんて想像できるはずもなかった。なんにせよ、これ以上部下に時間を取らせるのも悪いと、ジェラルドはクリスに言う。

「調べてくれてありがとう、クリス。あとは俺の方で調べる。もし、クリスの方で何かわかったら知らせてくれ」

「もちろんです」

クリスが退室した後、ジェラルドは椅子に背中を預け呟く。

「一体、どこにいるのだろうか……」

なんとしてでも再会を果たしたいと、ジェラルドは思った。誠実で生真面目、そして義理を大事にするジェラルドは助けてくれた彼女に感謝を伝えたいと思っていた。

……自分の吐瀉物で汚してしまったドレスの件についても誠心誠意謝罪し、賠償金も支払いたいという強い気持ちもあった。

あの夜のことを思い出す。彼女は、美しい女性だった。失礼ながら少々痩せすぎではという感想を抱いたが、目が合うとハッとするような美貌の持ち主だった。

加えて、見ず知らずの男を介抱する心優しさ、なんの躊躇《ためら》いもなく喉に指を突っ込んだ胆力。

ジェラルド自身、騎士であるということもあり、あのような強い行動を見せた少女に強い興味を抱いた。

剣一筋で女気などこちらから遮断していたジェラルドだったが、彼女のことを思い出すと、今まで抱いたことのない感情が胸に存在していることを自覚する。きちんとお礼をしたいという気持ちとは別に、個人的な感情でまた会いたいという下心があるのは否定できなかった。

「……と言っても、見つからないことには何も始まらないんだがな……」

自嘲気味にジェラルドは笑う。そして、こめかみを押さえて考えた。

(何か忘れてないか、何か彼女に繋がるような手がかりは……)

大量に飲酒をしていたせいもあって、かなり断片的になってしまった記憶のかけらを必死で手繰り寄せていると……。

「待てよ……」

ふと、ジェラルドの脳裏にきらりと光るものがあった。

(彼女がつけていたブレスレットのブランド、どこかで……)

二人の姉と、二人の妹を持つジェラルドの頭の中には、ある程度ブランドに関する知識がある。

うんうんと唸った後、ジェラルドはハッと目を見開いた。

「そうだ、あのブレスレットは確か……」

不意に、彼女にたどり着くための一筋の光明が見えた。

◇第五章　穏やかな生活

「んぅ……」

暗闇から意識が浮上する。瞼を刺激する光を感じて、リリアはバチッと目を覚ました。

（いけないいっ、寝ちゃってた……!!）

がばっとリリアは身体を起こす。窓を見ると暖かな陽が差し込み、外からは小鳥の歌声が聞こえてきていた。どうやら朝まで寝入ってしまったようだ。

「あ……」

ぼんやりとした頭が、すぐ隣に横たわるもう一人の存在に気づく。

ブロンドの髪を背中まで伸ばした、美しい顔立ちの少年。

（そうだ、私……ジル君を……）

昨日一日のことを思い出す。ジルはまだ夢の中のようで、すうすうと規則正しい寝息を立てていた。全く起きる気配はなく、深い眠りについているようだった。

自然に起きるまで寝かせておいてあげようとリリアは思った。

二度寝する時間でもないので、リリアは活動を開始することにした。

こっそりと音を立てないようにベッドから降りて、部屋を後にする。

リビングに降りてきて、身繕いや朝ご飯の準備をしている時に、リリアは思いついた。

「そうだ。ジル君が寝ている間に、服とか買いに行こう」

ずっとリリアの服を着せておくわけにもいかない。

サイズ感はわかるので、せめて二、三着くらい普段着を買い揃えようと思った。

簡単に身支度を整えた後、しっかりと戸締りをし、リリアは家を出た。

◇◇◇

「つい、買いすぎちゃったわね……」

時刻は昼。両手に紙袋を引っ提げて、リリアは家路についている。

子供用の服を買えるお店でジルの服を物色していたら、『これも似合いそう』『あれも似合いそう』とつい何着も買ってしまっていた。

ジルのための服を買うのは、自分の服を買っている時よりもずっと楽しかった。

(喜んで、くれるかな?)

そんな期待を胸に、リリアは帰宅する。

「ただいま……」

まだ寝ていたらいけないので、リリアはそーっと家に入った。返ってくる言葉はない。

（やっぱり、まだ寝てるのかな？）

そう思ってリビングに入って――。

「……!?」

リリアの心臓がひやりと高鳴った。暗いリビングの中、ソファの上でジルが膝を抱えていた。

「ジル君……!?」

紙袋をその場に放り出し、リリアはジルに駆け寄った。ジルが力なく顔を上げ、リリアは息を呑んだ。端整な顔立ちはくしゃくしゃに歪み、今にも泣きそうな顔をしている。

「ど、どうしたの!?　どこか痛いところとか……」

膝を折ってリリアが尋ねると、ジルは力なく頭を振る。

そして、ぽつり、ぽつりと、言葉を空気に触れさせた。

「朝、起きたら……リリアさん、いないから……」

また泣き出しそうな声で、ジルは言った。

「捨てられたかと、思った」

その言葉に、ハッとする。

胸の中が急に嵐が吹き荒れたかのように痛くなって――気がつくと、リリアはジルの背中に腕を回していた。ジルの小さな身体を引き寄せ、抱きしめる。急な抱擁《ほうよう》に、ジルの目が見開かれた。

「リリア、さん……？」

「ごめんね……」

湿った声で、リリアは心からの謝罪を口にする。

「一人にして、本当にごめんね……」

どうして、書き置きひとつしていかなかったのだろうと、自分の気遣えなさを悔やんだ。

少し考えればわかることだ。ジルはまだ子供だ。

そんなジルにとって、リリアはたった一人頼れる人物なのだ。

そのリリアが、朝目覚めたら家にいない。不安にならないわけがなかった。

頭が真っ白になって、家中を探し回って、それでもリリアは見つからない。

昨日まで奴隷として扱われ精神状態もボロボロだったであろうジルが、『自分が寝ている間にリリアが買い物をしてきてくれているだけ』と冷静に考えられるはずがない。

文字通り捨てられたのかと思ったのだろう。そんなリリアの予想は、おそらく間違っていない。

「ぅっ……ぁっ……」

耳元で、ジルの嗚咽が弾ける。ぎゅうっと縋《すが》りつくように、ジルはリリアの服を摑んだ。

もう堪《こら》え切れないとばかりに涙が溢れる。迷子だった幼子がようやく母親を見つけて安心したかのように、ジルは声を上げて泣いた。とめどなく溢れる涙がリリアの服を濡らす。

（もう絶対にこの子を、一人にはさせない……）

腕の中で泣くジルを抱きしめながら、そう強くリリアは決意した。

◇◇◇

しばらくしてジルの涙は止まった。

「落ち着いた？」

こくりと、両目を真っ赤にしたジルは頷き、ずずっと鼻を啜った。

「ほら、こっち向いて」

「んあっ」

リリアはハンカチで、ジルの鼻水を拭ってやる。

「うん、これでよし……って、どうしたの？」

「……な、なんでもない」

ぷいっと、ジルが顔を背けた。小さな耳たぶがほのかに赤みを帯びている気がして、リリアは不思議に思う。また、いつの間にか敬語が抜けていることに気づいたが、全く気にしない。

むしろその方が距離感が縮まったみたいで嬉しいリリアは特に突っ込まなかった。

「それで、リリアはどこへ行ってたの？」

ジルが尋ねると、リリアは「そうだった！」と、先ほど放置した大きな紙袋を持ってきた。

「じゃーん！」

紙袋から例のブツたち――ジルのために買った子供服を出して見せて、笑顔を弾けさせるリリア。

「ずっと私の服を着ているわけにもいかないから、ジル君に合いそうな服を買ってきたの。ね、似合いそうじゃない？」

説明するリリアに対して、ジルは目を丸くしていた。

そして、リリアの持つ服を指差し言いにくそうに口を開く。

「あの、リリア……それ、どう見ても女の子が着る服じゃ……」

リリアが持っている服は、ひらひらとしたピンク色のワンピースだった。

スカート部分は軽やかに広がり、繊細なレースが縁を飾っている。

胸元には大きな白いリボン、袖口にも小さなリボンが踊っていた。ジルくらいの年頃の女の子が着れば、まるでお人形さんのように可愛らしくなること間違いなしの一着である。

「あっ、間違えた！　こっちはおまけで買ったやつなの。まず着てほしいのは……」

「おまけってことは、僕に着せるつもりだったの……？」

ジト目をするジルの傍ら、リリアは別の紙袋を漁った。

◇◇◇

「わわっ、ジル君、いいね！　すごく似合ってる！」

男子用の服に着替えたジルを見てリリアは手をぱちぱちと叩いた。

リリアの前には男の子の天使が誕生していた。

長袖の白いフリルシャツはジルのブロンドの髪を強調し、ブルーの瞳と相まって清純な雰囲気を引き立てている。黒の半ズボンからはほんのり赤みがかかった膝小僧が覗き、足元には長めの黒ソックスとシンプルな革靴を履いている。

全体的に子供らしい無邪気さとスマートさがいいバランス感のコーデだった。

「あの、リリア……なんか、恥ずかしいんだけど……」

「ちゃんと男の子用の服だよ？」

「それはそう、かもしれないけど……」

ジルが想像していたのは装飾のない、シンプルな普段着だったのだろう。

昨日まで布切れ一枚だったのが、こんなにも気合の入ったお洒落感のある服を着るとなると、どこかそわそわして落ち着かない様子だ。

「サイズとか、着心地とかは大丈夫？」

「うん、ぴったり。軽いし、着心地もすごくいい」

両腕をふりふりしながらジルは言う。

「よかった！　服はとても大事だから、いいものを買ってよかったわ」

「どれくらいしたの？」

「一着二百万マニーくらい？」

「!?!?!?!?」

さほど深い意味もなくした質問だったため、リリアの口にした金額にジルは驚愕した。

「た、高すぎるよ！」

奴隷暮らしで服の相場はわからないものの、その金額が服にしては高額の部類に入ることはジルにもわかった。えへへ……と、リリアはどこか照れ臭そうに頭を掻きながら言う。

「ジル君にはいい服を着てもらいたいなーと思って、色々とお店を巡ってたら、もっといいものを、もっといいものをってなって……」

最終的に、子供用の服を扱う店の中ではトップクラスにハイブランドなお店で買ってしまい、この金額になってしまった。価格のほとんどはブランド料だとわかりつつも、それに付随して素材や機能性も上がると聞いてリリアは迷わず購入した。

自分にかけるお金となると尻込みするのに、人のために使うとなると途端に金銭感覚がおかしくなると、リリアは改めて自覚したのだった。

「そ、そんな高いの買わなくていいから！　それに……」

ジルは申し訳なさそうに目を逸《そ》らして、ぽつりと言葉を落とす。

「ただでさえ、リリアはたくさんお金を使って、僕を買っているのに……」

ジルの言葉に、リリアはハッとする。

ジルからすると、リリアには初手で二億マニーも使わせてしまっている。それに加えてポンポンと何百万マニーもする服を買われると、申し訳ない気持ちになってしまうのだろう。

「ごめんね、気を遣わせちゃって」

ジルの頭を優しい手つきで撫でながらリリアは言う。

「でも、気にしないで。私は自分が買いたいって思って買ったの。だから、ジル君には遠慮せず、着てほしいな」

リリアが本心から言葉を口にする。

ジルは視線を彷徨わせて言葉に詰まっていたようだが、やがて控えめな笑顔を浮かべた。

「わかった……ありがとう、リリア。大事に着るね」

「うん……うん！」

ジルが気に入ってくれて、感謝の言葉を聞けただけでも、リリアは舞い上がるほど嬉しかった。

「でも次買う時はこんなに高くないのにして。怖くて着れなくなっちゃうから」

「わ、わかったわ。次買う時は控えめにする」

「ちなみに……さっき着た女の子の服はどれくらいしたの？」

ジト目で尋ねられて、リリアの肩がぎくぅっと跳ねる。

「えっと……五百万マニーくらい？」

「なんでおまけの方が高いのさ!!」

盛大に突っ込みを入れるジルであった。

◇◇◇

その後、他に購入した服も一通り試着した。

さまざまな色合い、デザインの服を着るたびにリリアはきゃっきゃとはしゃいで、そのたびにジルがもじもじして、賑やかに時間は過ぎていった。

（楽しいな……）

試着している最中、リリアは思った。実家にいた時はもちろんのこと、パルケに来てからも基本的に一人だったから、誰かと一緒に過ごす時間はとても楽しく、心が温まるひとときだった。

「服……こんなにたくさん、ありがとう」

おまけの次に着た男子用の服に落ち着いたジルが、ぺこりと頭を下げてお礼をする。

「どういたしまして」

リリアは笑顔で返した。昨日は初対面ということもあり、どこかよそよそしげで警戒心があったが、お着替えを通じて少しだけ、ジルとの距離が縮まった気がするリリアであった。

「髪も切りに行かないとね」

ジルの長い髪を手で梳《す》きながらリリアは言う。リリアの提案に、ジルはこくんと頷いた。

「この髪、邪魔だから切りたい」

髪をいじりながらジルは言った。奴隷生活の中で、この髪は切ることが許されなかったのだろう。

ジル自身、重くて長い髪はうっとうしいようだった。

（それに散髪したら、今の服はもっと似合うだろうな……）

なんてことを考えていると。

ぐううぅぅ〜〜〜……!!

ぐうぅぅ〜〜……!!

「「あっ」」

お腹が盛大に鳴って、同時に声を漏らす。

そして、二人で顔を見合わせた。そういえば、お着替えに夢中でまだ朝昼ご飯を食べていない。

視線が交わったまま、二人の頬がほんのりと赤みを帯びる。

「……とりあえず、ご飯食べに行こうか」

「……うん」

こうして、二人は外に食べに行くことになった。

◇◇◇

「お気に入りのパン屋さんがあるの」

そう言ってリリアがジルを連れてきたのは、もちろん『こもれびベーカリー』である。

昨日今日と餌付けの一環として少しだけクロワッサンを食べてもらっているが、ぜひ焼きたても堪能してほしかった。

「いらっしゃい、リリアちゃん」

入店して席に着くなり、店員のおばさんが水を持ってやってきた。

「こんにちは、エマさん」

「おや、今日は二人なんだね」

おばさん改めエマがジルを見て言う。

「そうなんですよ、今日はこの子にこもれびベーカリーの美味しさを布教しに来ました」

「あらあら、嬉しいねえ」

目尻に皺をくしゃりと寄せてエマは笑った。

エマはこもれびベーカリーの店主の奥さんで、ウェイトレスの役割をしている。

リリアが何度も通ううちに言葉を交わすようになった、温厚で優しい人だ。ちなみに店主さんは奥でひたすらパンを焼いている寡黙な職人さんで、リリアはまだ一度も喋ったことがない。

ぺこりと、ジルが礼儀正しく頭を下げる。

「可愛いお嬢ちゃんだねえ。名前はなんて言うの？」

「……ジル、です」

「あら、男の子だったのかい？　ごめんねえ」

「いえ……大丈夫です」

髪をいじりながら、どこか諦めたようにジルは嘆息する。

（早く髪を切らないとね……）

と、リリアは苦笑を漏らした。その後、リリアは定番のクロワッサンに加えて、カレーパン、カスタードクリームパンなど、数あるメニューの中でまだ食べたことのないパンを七つほど頼んだ。

このまま全種類制覇してしまいそうな勢いであった。

自分は女性にしてはかなり食べる方であると、リリアはパルケに来て気づいた。元々飢え気味で成長期に食べられなかった分を取り返すかのように、リリアの食欲はとどまるところを知らなかった。

ジルはリリアのお勧めしたクロワッサンとチーズパンを頼んでいた。

しばらくして、注文したパンがやってきた。

ほのかに湯気が立つパンたちは黄金色に輝いていて今日も美味しそうだ。

「じゃあ食べよっか。もうお腹ぺこぺこ」

いただきまーす、と呑気にクロワッサンを頬張り、リリアは「んーーっ、今日も美味しい」と満面の笑顔になる。

「ジル君も、遠慮なく食べていいんだからね」

「う、うん……」

ジルも最初、恐る恐るといった風にクロワッサンを眺めていたが、やがて意を決したように歯を立てて。

「……!?」

サクッと小気味いい音と共に、ジルの目が大きく見開いた。

「美味しい？」

こくこくこく！

「でしょう？」

リリアはにっこりと笑った。

サクサクと、ジルがクロワッサンをすごい勢いで食べ進めていく。

昨晩はクタクタ野菜の薄味スープしか食べていなかった分、相当お腹が空いていたのだろう。

（なんだか、子猫に餌付けしてるみたい……）

クロワッサンを頬張るジルを眺めながら、そんなことを思うリリアであった。

（それにしても……今日もお客さん、少ないな）

何度か訪問している中で、リリアが気づいたこと。こんなに美味しいのに、こもれびベーカリーがお昼や夕食どきで繁盛しているのは見たことがない。

かなりの穴場のお店なんだなと思う一方、潰れてしまわないか心配になるリリアであった。

そんなことを考えている間に、ジルがふたつのパンを一瞬で平らげてしまった。

空になったお皿を寂しそうに見つめた後、リリアの食べるカスタードクリームパンにちらちらと物欲しげな視線を投げかけてくる。

（そうよね、ジル君、まだ食べ盛りよね……）

おそらく、先ほどの注文はリリアに気を遣った結果なのだろう。たくさん食べるとお腹の調子を崩す可能性もあるが、調子は全然よさそうだし、むしろ食べさせてあげた方がいいように思えた。

「もっと食べる？」

リリアが尋ねると、ジルはサッと目を逸らしぶんぶんと頭を振る。

「いいのよ、遠慮しなくて」

リリアが言うと、ジルは『本当に？』と窺うように視線を投げかけてくる。

「どのパン食べたい？」

リリアが机の下からメニュー表を取り出そうとすると。

「リリアが、今食べてるの」

「これ？」

生地はほんのり甘く、中はピリッとスパイシーな絶品カレーパンだ。

「それと、リリアがまだ食べてない、そのパンも……」

「クリームパンもね。大丈夫？　食べ切れる……？」

リリアが尋ねると、ジルは深く頷いた。

「ふふっ、わかったわ。すみませーん」

「はいよー」

エマに注文を取ってもらう。

ついでにリリアも追加でメロンパンを注文した。

すでに七つ頼んでいるが、まだいけそうであった。

しばらくして、追加注文のカレーパンとクリームパンがやってくる。

待ってましたと言わんばかりに、ジルは再び勢いよくパンを食べ始めた。

幸せそうにパンを食べるジルを見ていると、こっちまで幸せな気持ちになる。

（やっぱり、ご飯は一人じゃなくて、誰かと食べる方が楽しいわ……）

ジルとのお昼ご飯を通じて、改めてそう思うリリアであった。

◇◇◇

「ちょっと食べすぎたわ……」

こもれびベーカリーを出て、パンパンになったお腹をさするリリア。

ほどよく腹八分目のジルが満足げな顔で後に続く。

「ちょっとお腹を休めたいから、散歩していい？」

ジルは呆れ混じりに頷いた。

「はい」

リリアが手を差し出すと、ジルが不思議そうな顔をする。

「はぐれるといけないでしょ？」

リリアが言うと、ジルは少し恥ずかしそうに目を逸らした。

それからおずおずとリリアの手を取った。

「うん。それじゃ、いこっか」

満足げに頷いて、リリアはジルと一緒に繁華街に繰り出した。

人口百万人都市ということもあり、パルケの繁華街は昼も大変な賑わいを見せていた。

石畳が敷き詰められた広い通りは多くの人々や馬車が忙しなく行き交う。

通りには衣服屋や鍛冶屋《かじ》、雑貨屋などさまざまなお店が軒《のき》を連ね、職人技が際立つ品々がショーウィンドウに飾られている。

道端のカフェでは、人々が紅茶のカップを傾けながら会話に花を咲かせていた。

「やっぱり、ものすごく栄えているわね」

実家のあったマニルを思い起こして、リリアはぽつりと呟く。

ジルもこの地区には来たことがなかったのか、リリアの隣で物珍しそうにきょろきょろ周囲を見回していた。しばらく歩いていると、露店が並ぶエリアにやってくる。

何かの祭りでも開催しているのだろうか。色とりどりの野菜や果物、歩きながら食べられるコロッケやクレープなどのお店が所狭しと並んでいた。

「わあ～……美味しそうなお店がたくさん……」

なんとも食欲をそそる美味しそうな匂いがそこらじゅうに漂っていて、さっき満腹まで食べたはずなのにまた腹の虫が鳴きそうになる。

「もう、お腹空いたの？」

「さすがにもう食べられないわ……」

ジルの問いに、リリアは苦笑で返した。

本当なら並んでいるお店の料理を片っ端から堪能したいところだが、リリアの胃袋はもう新しい食べ物はいらないと言っている。

（今度、ジルと一緒に食べ歩きしようっと）

思いついたら、不思議と胸が弾んでいた。繋いだ手をぶんぶんするリリアに、ジルは怪訝な顔をする。また歩いていると、とあるお店の前でジルが立ち止まった。

大きなウィンナーにたっぷりのケチャップをつけて食べる料理が店頭に何本も並んでいる。フランクフルトというらしい。

「食べたいの？」

じーっと、フランクフルトを眺めるジルにリリアが尋ねる。

ジルはハッとした後、頬をケチャップ色に染めた。

思えば、ジルはリリアほどパンを食べていない。

少し歩いたのもあって、まだお腹に余裕があるのだろう。

「いいわ、買ってあげる」

「え、悪いよ……」

「いいのいいの、ほら」

なぜだか、ジルの『食べたい』という気持ちには全力で応えてあげたくなる。

実家でほとんど食べ物にありつけなかったのが原因かもしれない。

申し訳なさそうにするジルに構わず、リリアは屋台のおじさんにフランクフルトを一本注文した。

「あいよ！　フランクフルト一本、二百マニーね！」

焼きたてのフランクフルトを受け取った後、二人は近くの広場のベンチに座った。

広場では流しのマジシャンがシルクハットから鳥を飛ばしてみせ、集まった群衆は大盛り上がりで手を叩いている。

子供たちは噴水の周りで元気よく遊び、水しぶきと歓声を上げていた。

フランクフルトを手に、ジルが窺うような視線をリリアに向ける。

「私のことは気にしないで。冷めないうちに、食べて食べて」

「い、いただきます……!!」

買う時は遠慮気味だったジル。しかしケチャップがたっぷりとかけられた大ぶりのウィンナーが放つ魅力に抗えなかったのか、目を輝かせながらフランクフルトにかぶりついた。

「あちっ」

ウィンナーの中には熱々の肉汁が詰まっていることを、おそらくジルは知らなかった。歯を立てるなり溢れ出した肉汁の熱さにびっくりして、ジルは思わずフランクフルトから手を離してしまう。

「わっわっ……」

フランクフルトが宙を舞い――三百万マニーする、買いたての服をケチャップが汚した。

リリアが焦った声を上げる。

フランクフルトは地面に落ちる寸前で間一髪、リリアの手によって受け止められた。

「危なかった……ジル君大丈夫？　火傷してない？」

リリアが尋ねると、ジルの顔から血の気がサーッと引いていく。

「僕は大丈夫、だけど……服が……」

顔を真っ青にして、肩をガタガタと震わせている。

「ご……めんなさい、ごめんなさい……こんなに高い服、汚してしまって……」

ジルの様子や口にする言葉を前に、リリアは息を呑んだ。

おそらくジルは、奴隷商の下にいたせいで粗相をしてしまうことに対し強い忌避感があるのだろう。リリアも同じような経験があるので、今のジルの気持ちが痛いほどよくわかった。

(こんな時に、私がするべきことは……)

叱ったり、怒ることでは断じてない。そもそも怒りなどという感情はひとかけらもない。

「気にしないで」

安心させるように、リリアはふわりと微笑んでみせる。

「怒ってないから、大丈夫よ」

「でも、こんなに高い服を汚しちゃって……」

「服のことは気にしないで。それよりも、ジル君が火傷してなくてよかったわ」

ぽんぽんと、ジルの肩を優しく叩く。自分は何も怒っていない、安心してほしい。

という気持ちを、リリアは言葉で、表情で、ジルに伝えた。

その甲斐あってか、ジルの表情に安堵が舞い降りる。

血の気が引いていた頬に、赤みが戻ってきた。

「ちょっと触っちゃってごめんだけど、はいどうぞ」

フランクフルトをジルに返す。

それからリリアは、自分の手とジルの服についたケチャップをハンカチで拭いた。

「うん、これでよし。ちょっとシミになったけど、多分洗ったら取れると思うわ。店員さんも、汚れが落ちやすい素材って言ってたし」

あっけらかんと笑いを漏らしながらリリアは言う。高額な服を自分の不注意で汚してしまったにもかかわらず、ぼやきひとつこぼさないリリアを、ジルは不思議そうに見つめて尋ねた。

「リリアは、どうして、そんなに……」

「え？」

顔を上げるリリアと目が合って、ジルは逡巡した後。

「……なんでもない」

それだけ言って、今度は慎重にフランクフルトに歯を立てた。

◇◇◇

フランクフルトを食べた後は、広場のマジックショーを見物したり、日用品を購入したりした。

街をぶらぶらしているうちに日が暮れて、いい具合にお腹も空いてきたので、リリアはジルを連れてよく行くレストラン、ジューシーハウスにやってきた。レストランは肉料理が推しのお店で、リリアはジルと一緒にお気に入りのメニューを注文する。

肉を食べるのは久しぶりだったのか、牛ロース肉のガーリックバターステーキ、ハーブ鳥の煮込み、ローストポークのハチミツソースがけなどに、ジルは夢中でかぶりついていた。

（よっぽどお腹が空いていたのね……）

ジルの食べっぷりを見てそう思うリリアであった。

ジューシーハウスは量も味も抜群。ジルも大層気に入ったようで「また来たい」と高評価だった。二人で五人前くらいを平らげ、お腹も満足に膨れてから、二人は家に帰ってきた。

「あっ……髪!!」

切らしていたシャンプーを戸棚に入れている時にリリアは気づいた。

「ごめん！　ジル君の髪切るの、すっかり忘れてた！」

両手を合わせてリリアは謝る。

「リリア、絶対に忘れてると思った」

「ええーっ、言ってくれたらよかったのに……」

「リリア、楽しそうだったから……別にいいかなと思って」

ジルの言葉に、リリアはハッとする。

「私、楽しそうだった？」

「ずっと笑顔だった」

ジルはほんのり口元を緩ませて言う。一方のリリアは胸を温かくしていた。

随分と長い間忘れていた、『楽しい』という感覚。それを今日一日、ジルと一緒に過ごすことで存分に得られていたことに、リリアは例えようのない充実感を抱いていた。

「うん、そうね……」

思わず、リリアの手がジルに伸びる。

「今日はとても楽しかったわ。ありがとう、ジル」

「どういたし……まして？」

なぜ感謝されているのかわからない、といった表情を浮かべるジルだったが、撫でられているうちに気持ちよさそうに目を細めた。一方のリリアも、ジルの髪のふわりとした感触のよさに、思わず両手でわしゃわしゃと撫でくり回してしまう。

（なんだか、もふもふの子犬みたい……）

そんなことを考えていると、ジルがじっと上目遣いで見てきて口を開いた。

「あの……リリア、いつまで撫でてるの？」

「あっ、ごめんね、つい」

パッとリリアは手を離した。同時に、ジルはふいっと顔を背ける。

そんなジルにリリアは言った。

「明日は絶対に切りに行こうね」

「うん」

こくりと、ジルはリリアに向き直って長い髪を縦に揺らす。

ジルの所作を微笑ましげに思いつつ、リリアは尋ねた。

「ジル君は？」

「え？」

「今日一日、楽しかった？」

リリアの質問に、ジルは一瞬キョトンとした後。小さく、頷いた。

「よかった」

ホッとリリアは胸を撫で下ろす。

まだぎこちない距離間はあるものの、少しずつ警戒を解いてくれているような気がした。

「……女の子の服を着せられた時は、やばい人に買われたんじゃないかと不安になったけどね」

「本当にすみませんでした」

床に頭と両手両足をつける勢いで、全力の謝罪を披露するリリアであった。

「さて、と……」

今日一日動いて汗もかいたので、リリアはジルに提案する。

「とりあえず、お風呂にしようか」

「今日は別々だからね？」

「さ、さすがにわかっているわ！」

ジト目を向けてくるジルに、リリアはあせあせと言葉を返すのであった。

◇◇◇

ジルがお風呂に入った後、続けてリリアの入浴の時間となった。

ちゃぽん……と、バスルームに水音が響く。

「不思議だな……」

湯船に浸りながら、リリアはぽつりと呟いた。一昨日まで一人だった自分が、誰かと一緒に暮らしている。それはリリアの人生にとって初めてのことだった。

「私、誰かと一緒の方が、いいみたいね……」

どこか寂しげに目を細めてリリアは言う。まだ一日しか経っていないが、ジルとの生活はとても新鮮で、冷え切っていた心が溶けていくような温かさがあった。

一人では味気ないご飯やお散歩も、誰かと一緒だとこんなにも楽しいのかと改めて思った。

ジルの、濁ったブルーの瞳を思い浮かべながらリリアは呟く。

「ジル君には、幸せになってほしいな……」

きっと、今まで辛い思いをしてきたのだろうから。

ジルとは昨日会ったばかりのはずなのに、そう思わずにはいられないリリアであった。

「それにしても、こんなにいい子だとは思わなかったわ……」

ジルを買ったのは半ば勢いのことだった。ジルが家に来たいと言った時、リリアの中で彼との長期的な生活のプランがあったわけではなかった。

もし手のつけられないような子だったらと、心配がなかったといえば嘘になるが、杞憂《きゆう》だった。

ジルはとてもいい子だった。リリアが二億という大金を支払っているからいい子にしているという部分はあるかもしれない。

しかし少なくとも、リリアから見たジルからは悪意や害意といった負の感情は窺えない。

手がかからなすぎて、逆に怖いくらいだった。

「ジル君は、一体どんな経緯で……」

ふと、リリアはそんなことが気になってしまう。ただの直感でしかないが、昨日今日で、ジルはただの奴隷じゃないのでは、とリリアは思うようになっていた。

奴隷は基本的に読み書きができないし、言葉のやりとりもおぼつかないケースが多い、とリリアの少ない奴隷の知識の中にある。初めて会った当初から、ジルはちゃんとコミュニケーションが取れていたし、加えて食事の時の作法や礼儀もしっかりしている。

しっかりと教育を受けていることは明白だったが、それが奴隷になる前に受けたものなのか、奴隷生活の中でなんらかの目的で習得させられたものなのかは、わからない。

一体どのような経緯があって奴隷になっていたのか知りたいと思ったが。

「今は、その時じゃないわね……」

きっとジル自身も話したくない内容だろう。

今はただ生活に慣れてもらって、お互いに信頼関係を築く時だとリリアは判断した。

◇◇◇

色々と考え事をしていたら、すっかりと長風呂になってしまった。

ほかほかと湯気を纏いながら、リリアはリビングに戻ってくる。

「お待たせー」

リリアが言うも、返ってくる言葉はない。それどころか、ジルの姿も見当たらない。

「あれ、ジルく……」

大きめの声で呼ぼうとして、飲み込む。

ソファに横たわって、すうすうと寝息を立てるジルを見つけたから。

「あらら……まあ、今日も一日色々動き回ったからね……」

昨日と同じく、ソファで寝落ちてしまったジルを見て、リリアは微笑ましげに頬を緩ませる。

例によって、このままソファで寝かせるわけにもいかないので。

「よいしょっと……」

なるべく起こさないように、リリアはジルを抱き抱える。細身のジルは相変わらず軽かったが……気のせいか、昨日よりもほんの少しだけ重みがあるように感じた。

二階に上がり、ジルを寝室へと運ぶ。ベッドに横たえ、布団を被せた。

ジルは眠りが深いタイプなのか、一向に目を覚ます様子はなかった。

「おやすみ、ジル」

小さく呟き、明かりを消して部屋を出ようとしたその時。

「お母、さま……」

か細い声が、静まり返った寝室に響く。どこか深い寂寥を纏った声。

そして、リリアの袖をきゅ……と掴む弱々しい感触。

はっとしてジルを見る。行かないでと懇願するように、リリアの袖へと伸びた細い腕。

固く閉じられた目尻に透明な雫が滲んでいて、肩は震えている。

そんなジルを見て、リリアは床に足が張りついたように動けなくなった。
胸に、裂かれるような痛みが走る。気がつくと、リリアはジルを抱き寄せていた。
怯えるように震える背中を、優しく撫でる。
「よしよし、大丈夫……大丈夫だからね……」
安心させるように言いながら、リリアはジルの背中を、頭を、優しく何度も撫でる。
その姿はまるで、悪夢を見てうなされる我が子を宥める母親のよう。
しばらくして、ジルの震えは少しずつ収まっていった。
そして、再び安らかな寝息が戻ってくる。
表情の強張りが取れて、心なしか寝顔に安堵が浮かんでいた。
(ジル君にどんな過去があったのかはわからない、でも……)
「やっぱりジル君には、幸せになってほしいな……」
ジルの頬に残った涙の跡を見て、リリアは小さく言葉をこぼす。
そのためにできることはなんでもしようと、強く決意するリリアであった。

◇◇◇

気がつくとまた、ジルのベッドで寝てしまっていたらしい。

「んぅ……」

少しずつ意識が浮上する。

夢の余韻が残っていないあたり、今日も深い眠りについていたようだ。

「ふぁ……」

欠伸をしながら瞼を開ける。窓から差し込む朝陽と、ジルの寝顔が視界に入ってきた。

ジルはまだ夢の世界のようで、すうすうと気持ちよさそうに寝息を立てている。

あまり寝相がよろしくなかったのか、布団も、前をボタンで留めるタイプの寝巻きも剝がれ、白い肌があらわになっていた。微笑ましい気持ちになりつつも、リリアは布団をかけ直してあげようとし……。

「…………」

ふにっ……と、ジルの頰に人差し指を当てる。

柔らかくてもちもちした感触が指の腹から伝わってくる。

「ふふっ……」

可愛らしくて、思わず笑みがこぼれる。

なんだかクセになる感触に、ふにふにとジルの頰を突いていると。

「ん……」

ゆっくりと、ジルの瞼が持ち上がった。

「あっ、ごめんねジル君、起こしちゃったね」

とろんとした寝ぼけ眼《まなこ》がリリアの瞳を見る。

「おはよう、ジル君」

リリアが言うと、ジルはパチッと目を見開いた。

そしてぱちぱちと目を瞬かせた後、わなわなと顔を震わせて。

「な、なんでリリアがここにいるの……!?」

ジルがバッと毛布を奪い取った。

それから後退り壁際に背中をつける。そしてババッと自分の身体の状態——服がはだけ肌があらわになっていることを確認して、キッとリリアを睨みつけた。

「やっぱり僕をそういう目的で買ったのか!?」

毛布で自分の身体を守るように隠しながらジルが声を響かせる。

瞳に敵意を浮かべてガルガルするジルはまるで威嚇する小ライオンのようだ。

「えっ、えっ……?」

突然のジルの行動が理解できず、リリアは表情に混乱と戸惑いを浮かべる。

「そういう目的って……?」

きょとんと首を傾げてリリアが尋ねると、ジルは表情をハッとさせて。

「そういう目的というのは、その……」

ゴニョゴニョと言葉にならない声を漏らし、俯くジル。

頬には、じんわりと朱色が浮かんできている。真っ赤にした顔を上げて、リリアに尋ねる。

「……本当に、僕に何もしてないの？」

「う、うん……してないよ？　あっ、でも……」

ジルが身構える。

「ほっぺが柔らかそうで、つい突いちゃった」

頬を掻きながらリリアが言うと、ジルの身体からへなへなと力が抜ける。

「昨晩のジル君、なんだかうなされてたから、放っておけなくて……」

落ち着くまで抱きしめて、背中を摩っていた。

「それでそばにいたら、いつの間にか寝ちゃってたみたい。驚かせちゃって、ごめんね」

ぺこりと頭を下げてリリアは言う。

するとジルは毛布に包まったまま、ずりずりとリリアのそばまでやってきて。

「僕の方こそごめん……寝ぼけてて、早とちりした……」

「ううん、気にしないで」

しょんぼりと申し訳なさそうにするジルの頭を、リリアは優しく撫でる。

「とりあえず、朝ご飯食べよっか」

リリアの提案に、ジルはこくりと頷いた。

「……っと、その前に……ボタン、留めないとね」

ジルはハッとして背を向け、いそいそと前のボタンを留め始めた。

そんなジルの背中を見つめながら、リリアは表情に影を落とす。

――ジルの一連の反応を見て、何も察しないリリアではなかった。

(奴隷にはさまざまな用途がある……その中でも、ジル君は多分……)

言葉にするのも悍《おぞ》ましいと、リリアは首を横に振る。

なぜジルの髪の毛があそこまで伸ばしっぱなしだったのか、ようやく理解した。

(ご飯を食べたら、すぐに髪を切りに行こう……)

拳を固く握るリリアであった。

◇◇◇

朝食をとった後、リリアはジルを引き連れて家を出た。

リリア自身、生まれてこのかたお店で髪を切ったことがない。

実家では自分の髪を自分で切っていた。ジルの髪も家で切ろうかと考えたが、男の子の髪型のことはわからないし、せっかくお金もあるのでお店で切ってもらおうと思った次第である。

というわけで髪を切れる場所を街の人に聞いて、美容室なるお店にやってきた。

美容室は散髪からスタイリングまで全てやってもらえるお店らしい。リリアがやってきたお店は、内装の煌びやかさや清潔感を見るに、美容室の中でもかなりハイクラスのお店のようだった。

カット、シャンプー、スタイリングと、工程ごとに一流のプロがついて最高の仕事を……というのが、店のコンセプトのようだった。

「それでは切っていきますねー」

白いカットクロスを着せられ、緊張気味なジルがこくこく頷く。

女性のカット担当さんは手慣れた様子でジルの髪を切っていった。

背中まで伸びていたジルの長髪が、チョキチョキと小気味いい音と共にどんどん短くなっていく。

その後、シャンプーやスタイリングをこなしていって。

「お待たせいたしました！」

待合スペースに戻ってきたジルを前にして、リリアは思わず「わあ……」と声を漏らした。

目の前には、すっかり別人になったジルが立っていた。背中まで伸びていたロングヘアはバッサリと切られているものの、刈り上げほど短くはない。ジルのふんわり柔らかい髪質を活かし、全体的に少し長めに切り揃えた、温かみのあるスタイリングに仕上げていた。

前髪は適度に下ろされていて、襟足からちょこんと覗く耳と首筋があどけなさを漂わせている。

「リリア、すごい！　頭がとっても軽いよ！」

ジルが両手を広げてくるくると回る。少年らしい髪型になった分、活発さがイキイキと伝わってきた。そんなジルを、美容師さんが微笑ましそうに眺めている。

「それで……ど、どうかな……？」

頬にうっすら赤を浮かべて尋ねるジルに、リリアは大きく頷く。

「ジル君、いいよ！　すごくかっこいい！」

勢いよくリリアは親指を立てた。リリアの予想通り、新しい髪型はジルの着る長袖の白いフリルシャツとバッチリ合っている。ジルの中性的な顔立ちは、すっきり散髪されたことによって驚くほどの美少年へと変貌を遂げていた。

もう少し年齢を重ねて成人すれば、多くの女性を虜にすることは間違いないだろう。

「えへへ……」

リリアに褒められて、ジルが嬉しそうにはにかむ。

かっこよさと少年らしいあどけなさが相まって、リリアの胸が思わずきゅっと締まった。

（な、何、さっきの……？）

初めての感覚に戸惑うリリアを、ジルがじーっと見上げている。

「どうしたの？」

「せっかくだしリリアも、切ってみたら？」

「えっ、私も……!?」

予想外の言葉に思わず声を上げてしまう。

ジルのカットのことしか考えていなくて、自分のことはすっかり抜け落ちていた。

「うん！　リリア、時々髪を邪魔そうにしてるから、切った方がいいと思う」

「あれ、私、そんなことしてた……？」

こくんとジルが頷く。自分では気づいてなかったが、確かに随分と長い間髪を切っていなかったため、日常生活の中で邪魔になることが増えているかもしれない。

ジルの言葉を押すように、カットの担当さんがにこやかに言う。

「せっかくなので、お客さまもどうぞ。とても美しい髪とお顔をしてらっしゃるので、きっと素晴らしい仕上がりになると思いますよ。さあ、さあっ……」

「えっ、あの……えっと……」

店員の勢いにも押されて、リリアも髪を切る運びとなった。

◇◇◇

正直なところ、髪を切ることにリリアは乗り気じゃなかった。

店員さんにカットクロスを着せてもらっている間、リリアの頭の中では声が響き渡っていた。

――きゃはは っ！　お姉さま、ひどい髪！　ゴワゴワだしくすんでるし、腐ったパスタの方がまだマシに見えるわ！

――汚い赤色の髪なんて、穢《けが》らわしい娼婦の血そのものじゃない。義理の娘ながら恥ずかしいわ。

幼い頃から妹や母に浴びせられてきた罵倒。

それが、リリアの自信をすっかり失わせていた。パルケに来てからは、お風呂に入ってシャンプーで洗ったから、汚れとくすみは落ちたかもしれない。

しかし何年もかけて心に刻まれてきた否定の言葉は、未だリリアの長い髪にまとわりついていた。

くすんでいて、汚くて、穢らわしい、血のような色の髪。

そんな髪を切って少し整えてもらったところで、何か劇的に変わるわけがない。

そう思いつつも、ジルと店員さんに押されて、流されるままカットが始まる。

白いカットクロスが、自分の髪によって赤く色づいていく。

チョキチョキと音が鳴るたびに、心そのものが切られているように胸に痛みが走った。

自分の髪がどんな風に変わっていくのか見たくなくて、カット中リリアはずっと目を瞑っていた。

カット後のシャンプーも、スタイリング中もなるべく見ないようにしていた。

「セット終わりました！　ささ、いかがでしょうか？」

店員さんが弾んだ声で言って、リリアは恐る恐る目を開けた。

——自分じゃない女性が、鏡に映っていた。

正確には、髪をバッサリ切ったことで雰囲気が様変わりしていた。

腰まで伸びていた髪は背中の上の辺りまでで切り揃えられている。

緩やかなウェーブが加えられていることで、髪はふんわりと軽やかになり、リリアの柔らかい雰囲気を引き立てていた。

前髪は優しくカーブしていて、くっきりとした目元や頬のラインがより際立つようになっている。

何か艶の出る液でも染み込ませたのか、光が当たるたびに髪が煌めいて見えた。

(確かに、雰囲気は変わった、気はする……けど……)

リリアの視線が下に落ちる。果たしてこの髪型が、他人から見てどうなのかはさっぱりわからない。むしろ変なままなのではないかとすら思った。

店員さんは「とってもお似合いです！」と言ってくれた。

しかしそれは、客と店員という関係故に出てきた言葉だろうとリリアは思った。

「あ、ありがとうございました……」

俯いたまま、そそくさと立ち上がる。心の中は、不安でいっぱいだった。

「リリア、おかえ……り……？」

待合スペースに戻ると、ジルがリリアを見上げて言葉を飲み込んだ。

それからぱちぱちと、目を瞬かせている。

リリアは「あは……」と、自嘲を含んだ乾いた笑みを漏らして言った。

「ごめんね。変、だよね……？」

「ううん！」

ぶんぶんと頭を振って、目を輝かせながらジルは声を張った。

「すごくきれい！」

高揚を滲ませた言葉は、お世辞ではなく本心から紡がれたものだとすぐにわかった。

すごくきれい。たった六文字の言葉が、リリアの胸を打った。

人生で初めてかけられた言葉だった。

――嬉しい。

温かくて、ぴかぴかと光を帯びた感情が胸底から溢れ、身体が震える。

頭が真っ白になって、次の言葉を口にすることができなくなってしまった。

「どうしたの、リリア？」

急に微動だにしなくなったリリアに、ジルが怪訝そうに尋ねる。

「……ううん、なんでもないわ」

自然と、柔らかな笑みが溢れてきた。

目の奥が熱くなるのを抑えながら、整髪したばかりのジルの頭に触れる。

「ありがとう、ジル君」

なぜお礼を言われたのかわからないジルは、不思議そうな顔で首を傾げた。

それからなんとなしに、店内に備えつけられている姿見で、もう一度自分の姿を確認する。

美容師の手によって整えられた髪。

（きれい……かも）

さっきと比べると少しだけ、前向きに捉えることができた。

◇◇◇

「おい、見ろよ……」

「うおっ、すげー美人。どこの令嬢だ？」

「おい、声かけてみろよ」

「馬鹿！　さすがに無理だわ！」

美容室を出て街を歩いている時、ふとそんな言葉が聞こえてきてリリアは思った。

（さすが都会……すごい美人さんがそこらじゅうを歩いているのね……）

まさか自分にかけられている言葉とは夢にも思わない。髪型を変えるだけで印象は激変するという法則は、伸ばしっぱなしで野暮ったい長髪だったリリアにもばっちり当て嵌っていた。

美容室で髪を整えたリリアは、十人いれば九人が振り向くほどの美人に変貌を遂げていた。

しかし当の本人は自分の容姿に対する自信が地に落ちている。

そのため、自分の容姿が周りから高い評価を得ているという自覚は皆無に近かった。

一方でジルは、リリアに熱い視線を注ぐ男たちの存在を察知していた。

「リリア、僕から離れないで」

「ど、どうしたの、ジル君？」

手をいつもより強く繋いで、威嚇するように辺りを見回すジルがいた。

（それにしても……）

一緒に歩くジルをリリアはチラリと見遣る。

改めて見ても、ジルは息を呑むような美少年だ。

一流のスタイリストたちによってふわりと柔らかそうな髪型になったジルの、精悍さの中にあどけなさを残した顔立ちはもはや芸術のよう。

（成人したら、凄まじいプレイボーイになりそう……）

なんだか心配になるリリアであった。そんなリリアの感想は正しいようで、ジルにも道ゆくマダムから熱の籠った視線が向けられている。

「ねえ見て、あの子……」

「まあっ、将来有望ね……」

「いいわねえ、私があと二回りくらい若かったら、ちょうどの年齢でしたのに」

髪をバッサリ切って整えたお陰で、街のマダムから人気の美少年となったジル。

しかし、当の本人はリリアを不埒な輩《やから》から守るべく必死なため気づいていない。

何はともあれ、二人がパルケで評判の美姉弟となるのは、そう遠くない未来かもしれない。

そう思わせるほど、散髪によって二人は大変身をしていた。

「お昼は何食べたい？」

そろそろ腹の虫が雄叫びを上げそうな気配がしたので、リリアがジルに尋ねる。

「リリアは、何か食べたいものないの？」

「ジル君が食べたいものを食べたいかな」

「……じゃあ、お肉」

「ふふっ。お肉、大好きなんだね」

昨日、たくさん肉を頬張っていたジルを思い出してリリアは言う。奴隷生活の中であまり食べさせてもらえなかった故に、身体が栄養価の高い肉を求めているのだろう。

そうリリアは推測した。

「だめなら、魚でも……」

「ううん、お肉食べに行きましょ！　私も、ステーキとかを食べたい気分だわ」

リリアもリリアで、パルケに来てから身体が肉料理を欲するようになっていた。

成長期に摂取できなかったたんぱく質を取り戻そうとしているのかもしれない。その甲斐あってか、（まだまだ大分痩せているものの）実家にいた時より少しずつ肉付きがよくなってきている。

標準くらいになるまでは、とにかくたくさん肉を食べようとリリアは決めていた。

ふと、リリアは思いついて言った。

「あ、そうだ……」

「お昼は、お店じゃなくて家で食べてもいい？　ちょっとやってみたいことがあるの」

リリアの提案にジルは不思議そうな顔をしつつも、こくりと頷いた。

◇◇◇

リリアはジルを連れて食品店の集うエリアにやってきた。

パルケの市民が食材を購入する区画とあって、ありとあらゆる商店が立ち並んでいる。

その中でも一際大きな構えの肉屋にリリアは入店した。

「わっ、美味しそう……！」

二人を迎えたのは、肉の楽園だった。

広々とした店内には、牛、豚、鳥、羊など多種多様な肉が美しく陳列されている。それぞれの肉は丁寧にカットされたものから、豪快な塊肉までさまざまなサイズが販売されていた。

業者向けだろうか、天井から吊るされた肉塊が特に印象的だった。

肉の色は鮮やかで、それぞれが新鮮で質の高いものであることが一目でわかる。

赤身が多いもの、サシが多いものなどあらゆる肉が揃っていて、見るだけで食欲をそそられた。

「わっ、このお肉美味しそう……やっぱり肉といえば牛よね！」

サシの少ない、大きな塊肉を前に興奮気味な声を漏らすリリア。

「すみません。このお肉、私とこの子二人だったら、どのくらいで足りると思いますか？」

大柄な体躯でワイルド感漂う、肉屋のおじさんにリリアは尋ねる。

「君ら二人だったら四百グラムくらいで充分足りると思うぜ」

「じゃあ、千グラムください」

「話聞いてたか、お嬢ちゃん？」

「大丈夫です。私たち、結構食べるので」

少なくとも人の二、三倍くらいは食べることをここ数日で実感している。

「おう、やるねえ。なら心配ねえな」

おじさんは豪快に笑いながら牛肉をカットしてくれた。

他にも豚肉や鶏肉などもカットしてもらっていると。

ぐうう～～……。

ジルが盛大にお腹を鳴らして、リリアはふふっと笑う。

「まだ焼いてもないわよ」

「し、仕方ないじゃん。すごく美味しそうなんだもん……そんなことよりも、リリアのやってみたいことって？」

「ふふふ、それはね……」

ジルに向き直って、リリアは声高らかに宣言した。

「お肉をたくさん買って、家でバーベキューをしたいの！」

「ばーべきゅー？」

こてんと、首を横に倒すジルにリリアは説明する。

「そう、バーベキュー。好きなお肉を好きな味付けで焼いて、好きなだけ食べるの」

「好きなお肉を好きなだけ……」

聞くだけで、じゅるりと涎《よだれ》が出そうになるジルであった。実家にいた時、リンドベル家では定期的に『バーベキュー』と呼ばれるイベントが開催されていた。

庭に設置されていた、肉焼専門の大きなコンロで肉を焼き、参加者たちに肉を振る舞うのだ。

父フィリップの道楽だった。

もちろんリリアの参加は認められず、イベントの準備やお皿出しの手伝いに奔走していた。

横目で見るバーベキューはとても楽しそうで、肉のいい匂いがいつも漂っていて、胃袋が悲鳴を上げていたことは言うまでもない。

(今の私には、バーベキューができる……)

お金も時間も、庭もある。

好きな肉を好きなように焼いて食べるのは、リリアのやりたいことであった。

(と言っても、さすがにあのバーベキューを庭でやることはできないから、キッチンで焼くことになると思うけど……)

実家の庭にあったバーベキューセットは、先代当主が屋敷を建設する際に特注オーダーしたものだ。一般庶民にバーベキューの文化はなく、肉を焼くとしたらキッチンでフライパンを使って焼くのが普通だろう。

(まあでも、仕方がないか)

バーベキューという形態そのものに憧れはあったものの、あの設備を今から造るのは厳しいだろう。

(今日はとりあえず普通に焼いて食べて、後日、バーベキューの設備を買いに行こうかな……)

そんなことを考えていると、肉を袋に包んでくれたおじさんが声をかけてきた。

「お嬢ちゃん、バーベキューをやりたいのかい？」

「あ、はいっ。でも設備がなくて……」

「設備？　そんな大袈裟《おおげさ》なものはなくても、バーベキューセットがあれば家でできるぞ」

「バーベキューセット？」

「なんだお嬢ちゃん、バーベキューセットを知らないのかい？　最近、パルケで大流行りだぞ」

「ご、ごめんなさい。ちょっとわからないですね……最近、パルケに移り住んで来たもので」

「へえ、そうだったのか！　なら仕方ねえな。待ってろ、持ってきてやる」

おじさんはそう言った後、両手で持ち上げられるほどのサイズの箱を持ってきた。

「この中に入ってる機材を組み立てれば、家でも簡単にバーベキューができるんだ！　組み立て方や火の起こし方の説明書も入ってるし、組み立て自体簡単だからすぐにでもバーベキューができるぜ」

「そんな夢のようなものが……!!」

さすが技術大国フラニア。

バーベキューが庶民でも気軽にできる機材も発明されているようだ。

瞳を星屑のように煌めかせて、リリアは言った。

「これ、買いたいです！」

◇◇◇

「毎度あり！　たくさん買ってくれてありがとうよ！」

上機嫌な声で言うおじさんに、リリアはペコリと頭を下げる。

バーベキューセットの機材に加え肉代や調味料代でお会計は八万四千マニー。

なかなか高額な昼食となったが、バーベキューをしたいという願望が叶うのであれば安いものだった。

「さて、と……」

バーベキューセットの入った箱に、肉など諸々二キロほど。

屋敷ではよく重いものを運ばされていたため、持てないことはない。

ただ、持って帰るのはちょっとした重労働である。

(どこかで荷台でも借りようかしら)

そう思っていると。

「リリア、僕が持つよ」

「えっ、ちょっと、ジル君!?」

リリアの声に構わず、ジルが箱と肉を持とうとするも……。

「う……動かない……」

男の子とはいえ、ジルの小さな身体では箱はビクともしなかった。

「そりゃそうだろ」

苦笑を浮かべたおじさんがやってきて、リリアに尋ねた。

「家はこの近くなのか？」

「あっ、はい。歩いて十分くらいです」

「なら、俺が持っていってやるよ」

「えっ、いいんですか!?」

「たくさん買ってくれたからな！　サービスだよ、サービス」

おじさんはニカッと笑った後、箱と肉をひょいっと持ち上げた。

それを見たジルはガーンとした後、しょんぼりと肩を落として言う。

「ごめん、リリア。役に立たなくて……」

「ううん、気にしないで。手伝ってくれようとしただけでも嬉しいわ」

ジルの肩を優しく摩って慰める。

そうすると少しだけ、ジルの顔に笑顔が戻った。

「おい嬢ちゃん、家の方向はどっちだい？」

「あ、とりあえず出て右です！　ほらジル君、行こ？」

「うん……」

ジルの手を取ってリリアは歩き出す。

それからすぐ、リリアに聞こえない声量で、ジルはぽつりと呟くのだった。

「……たくさん食べて、もっと大きくならないと……」

◇◇◇

肉屋のおじさんはとても親切な人だった。バーベキューセットを家まで運んでくれただけでなく、組み立てや火おこしもしてくれた上に、肉の調理法まで教えてくれた。

肉の仕込みなんてやったことのないリリアは大助かりであった。

肉屋のおじさんが帰った後。

中庭でバーベキューセットの網を温めている間、キッチンでリリアは肉の仕込みをする。

「一口大に切ったお肉を、塩胡椒で味付けして……」

ぎこちない手つきで包丁を使うリリアの下に、ジルがてくてくとやってきて言う。

「リリア。僕も、何か手伝うよ」

「ありがとう、ジル君。でも大丈夫よ、ここは私に任せて」

リリアは準備を一人でこなすつもりだった。

特に難しい調理工程もないし、外出して帰ってきたばかりで、ジルも疲れているだろうという配慮だった。しかし当のジルは、先ほどバーベキューの箱を持てなかった時みたいに肩を落として、ぽつりと言葉をこぼす。

「……僕も、何か役に立ちたい」

ハッと、リリアの包丁を持つ手が止まった。

自分がよかれと思ってしたことが、ジルにとってはそうじゃないとわかった。

人が働いてくれている時に何もしない、手持ち無沙汰というのもそれはそれで辛いものがある。

今までずっと働いてばかりだったリリアには、その想像ができなかった。

包丁を置いて、ジルに目線を合わせてからリリアは言う。

「ごめんね。ジル君の気持ち、考えられてなかったね……」

申し訳なさげなリリアに、ジルはぶんぶんと頭を振る。

「僕こそ……ごめん、変な我儘言って……」

気まずそうにするジルを前にして、リリアは考える。

（ジル君でもできそうなこと……）

考えついてから、リリアは笑顔で言った。

「じゃあ、切ったお肉に塩胡椒を揉み込む作業をお願いしようかな？」

曇り空だったジルの表情に、ぱあっとお日様が灯った。

「うん！　わかった、任せて！」

役割を与えられたジルが、リリアの切った肉をテーブルに持っていく。

それから椅子に座って、「よいしょ、よいしょ……」と肉に塩胡椒を揉み込み始めた。

真剣な表情で、一生懸命やってますというのがひしひしと伝わってくる。

その所作ひとつひとつが妙に可愛らしい。

（本当に、いい子だなあ）

微笑ましげにジルを眺めながら、そう思うリリアであった。

◇◇◇

肉を焼く音というのは、なぜこんなにも食欲をそそるのだろう。

串に刺された肉や野菜が炎に包まれ、ジュージューと美味しそうなメロディを奏でている。

肉の表面から脂が滴《したた》り落ちるたびに炎がぱちぱちと弾け、香ばしい匂いが庭に広がっていた。

「わあああ……」

表面に焦《こ》げ目がついて食べ頃になった肉たちを前に、リリアは思わず声を漏らす。

「リリア、もういいんじゃない？」

ジルも待ち切れないといった様子で、うずうずと身体を揺らしていた。

「食べよっか。はい、ジル君」

「ありがとう」

リリアに串を渡されて、待ってましたと言わんばかりに肉にかぶりつくジル。

瞬間、ジルの瞳が星屑を散らしたように輝いた。

「美味ひぃ……!! 美味ふぃよ、リリラ!」

「ふふっ、よかった。けど、口の中を空にして喋ってね」

こくこくとジルは頷き、再び肉にかぶりついた。

そんなジルをほっこりした心持ちで眺めながら、リリアも肉に歯を立てた。

「んっ……」

炭火の熱によって旨味が凝縮された牛肉から、驚くほどの柔らかさが伝わってくる。

下味のブラックペッパーのピリ辛さと、甘味のあるステーキソース。

レストランでは味わえない、バーベキュー特有の炭の香り。外側のカリッとした焦げ目から香ばしさが鼻腔いっぱいに広がり、噛むごとに肉汁がじゅわっと溢れ出た。

「んんっー! 美味ひぃ!」

あまりの美味しさに、思わずリリアも声を上げてしまった。

「リリア、口の中に物を入れて喋ったらだめなんだよ」

ジルにジト目で言われて、リリアはハッとする。もぐもぐゴクンと肉を飲み込んでから、「えへへ、つい……」と恥ずかしそうにリリアは笑みを滲ませた。

それからしばらく二人で、夢中で肉を頬張った。牛肉の他にも、甘味がふわりと香る豚肉や、皮はパリッと中は驚くほどジューシーな鶏肉、そして玉ねぎやピーマン、にんじんなどの野菜。どれも炭火で焼かれた故、特有の香ばしさがあって、食欲は止まることを知らなかった。

(どれもすっごく美味しい……それに……)

ふと、周りを見回す。抜けるような青空の下、自分の家の庭でバーベキュー。

時折頬を撫でる風が心地いい。

隣ではジルが、幸せそうな表情で肉を頬張っている。

(なんだか、いいな……)

味だけでなく、バーベキューというイベント自体に、リリアは胸の中が満たされるような充実感を覚えていた。

「リリア、もう一本食べていい?」

肉を食べ切ったジルが物欲しそうにリリアを見上げる。

「もちろんよ……って、あら……?」

「どうしたの、リリむぐっ……」

不意に、ハンカチを口元に当てられてジルが呻き声を上げる。

くしくしと、リリアはジルの口元を拭った後。

「ふふっ、ソースがついていたわ」

リリアが微笑んで言うと、ジルはふいっと顔を逸らした。

「……ありがと」

素っ気なく言ってから、ジルは新たに焼けた串を手に取る。

そしてリリアに背を向けてもぐもぐし始めた。心なしか、先ほどのような勢いはない。

「ジル君？」

「なんでもない」

そう言って黙々と肉を齧るジルを、リリアは不思議そうに眺める。

（バーベキューの火が熱かったのかな……？）

ジルの耳たぶの後ろが、ほのかに赤みを帯びているのを見て、そんなことを思うリリアであった。

◇◇◇

四～五人分はあった肉は、リリアとジルの食欲によってみるみるうちに姿を消していった。

炭火も少しずつ弱まってきて、バーベキューもお開きの雰囲気になる。

立っているのも疲れたので、残りの肉はお皿に取り分けて、家の中で食べることにした。

「ずっと気になっていたんだけど」

残りの肉を食べている途中、ジルがぽつりと尋ねた。

「リリアって、何をしている人なの？」

「むぐっ……」

突然そんな質問が飛んでくるとは思っていなかったので、リリアは喉に肉を詰まらせそうになってしまう。

「だ、大丈夫!? ほら、リリア、お水」

「あ、ありがとう、ジル君……」

水を喉に流し込んで一息ついてから、逆にリリアは尋ねる。

「えっと……特に何もしていないかな？」

「ふうん……」

神妙な顔つきのジル。

「どうしてそんな質問を？」

「だって……」

ジルは逡巡するように視線を彷徨わせた後。

「気になったんだ。僕とそう歳の違わないリリアが、こんな家に一人で住んでて、働いてる感じもない。なのに、僕を二億で買ったり、何百万もするような服を買ったり……」

そう歳の違わない。

という部分に一瞬、引っ掛かりを覚えたものの、質問の主題の方に意識がいった。

（どうしよう……）

と、リリアは天井を仰ぐ。ジルが疑問に思うのも無理はない。

パルケの中心地にある一軒家でお金を気にせず一人暮らしをする、無職の十代の女性。

どう考えても一般人じゃない。

一体何者？　とジルが思うのも当然だ。

むしろこのタイミングまで聞かれなかった方がおかしいくらいだ。

きっと、ジルなりに聞くか聞くまいか悩んだ末のタイミングだったのだろう。

「えーっとね……その……」

どう返答するか、迷った。

隣国の伯爵家の出身で、家族の策略で処刑されたら時間が戻っていた。

それから未来の情報を使って宝くじで百億マニーを当てた後、パルケに逃亡したのち悠々自適な生活を送っている……なんて、本当のことを話すわけにもいかない。信じてもらえないだろうし、頭のおかしな人に買われてしまったと、ジルを怯えさせてしまうだろう。

しかし、だからといって嘘をつくのは嫌だった。

超大金持ちの両親がいて、社会勉強がてら住まわせてもらってる……みたいな、口から出まかせの嘘を話すのは胸が締めつけられるくらい気が引けたし、その設定で通せる自信もなかった。

目を伏せ、気まずそうにリリアは口を開く。

「色々あったの、色々……」

「色々……」

「うん。本当に、色々……」

申し訳ない気持ちになりつつも、結局はそう言うしかなかった。

今の時点でジルを納得させる説明は、リリアにはできなかった。

そんなリリアの返答に、ジルは不服そうにすることなく、何かを察したような表情をした。

「僕と、同じだね」

ほんのりと笑って言う。薄く濁ったブルーの双眸の奥に、ほのかな影がちらついていた。

ジルがどのような経緯で奴隷になったのかも、リリアは知らない。

(ジル君は、今までどんな……)

そのまま言葉にしそうになるのを、喉奥に押し込む。

なんとなく、まだ聞くタイミングじゃないと思ったから。

「ごめんね、ジル君。ちょっと事情が複雑で、今は説明が難しいんだけど……いつか、話せる時が来たら、ちゃんと話すから」

「……うん」

こくりと、ジルは頷いた。リリアはくすり笑って、お皿をジルの方に押してやる。

残りは全部食べて、というリリアの意図は伝わったらしく。

「え、でも……これ、最後の一個……」

「いいのいいの。もう私、お腹いっぱいだから」

「じゃあ……ありがとう」

最後の一個の肉まで美味しそうに食べるジルを、リリアは温かく見守る。

（お互いに、まだまだ知らないことだらけだけど……焦る必要はないよね）

時間もお金もたくさんある。今はただ、この穏やかな日常をゆったり過ごそう。

そう思うリリアであった。

◇◇◇

バーベキューの後は散歩をしたり、帰ってきてからお昼寝したりしていると、あっという間に夜になってしまった。肉にありつけたのがお昼を随分と過ぎた時間だったこともあり、夕食時になってもお腹が空く気配はなく、夜は軽くパンで済ませた。

「お待たせ〜」

お風呂を済ませたリリアがリビングに戻ってくる。

先にお風呂に入ったジルは寝巻き姿でソファにじっと座っていた。

「あ、今日は起きてる」

「さすがに三回目は、ない」

ジルがムッとした様子で言う。昨日一昨日と寝落ちして、リリアに部屋まで運ばれたことが気恥ずかしかったらしい。ジルの隣に腰掛けて、リリアは一息つく。

湯上がりの身体は火照《ほて》っていて、目を閉じるとそのまま寝入ってしまいそうな心地よさがあった。

（って、いけない、いけない……）

ぶんぶんと頭を振って目を覚ます。ここで寝てしまったら、ジルの二の舞である。

「リリア、眠いの？」

「うん……ちょっと……」

今日も色々あった。髪を切ったり、バーベキューをしたり。

なんだかんだでたくさん動いて、充実した一日だった。

「じゃあ、もう寝る？」

「そうしよっか」

ふあ……と欠伸をして、リリアは立ち上がる。その後にジルが続いた。

二階に上がってジルの寝室の前に来た時。

ぎゅっと拳を握って、リリアはジルに言った。

「安心して、今日はしっかりと自分の部屋で寝るから！」

昨日と一昨日は、ジルを寝かしつける流れで自分も寝てしまった。

今日こそは別々で寝るという意気込みがあった。

まだ小さいとはいえ、ジルは男の子。女性と一緒に寝るのは落ち着かないだろう。

そんなリリアの気遣いに、ジルはぱちぱちと瞬きをした後。心なしか、目を伏せて。

「……うん、わかった」

こくんと力なく頷いてから、自分の寝室のドアを開ける。

ドアがきいっと、物寂しい音を立てた。

「おやすみ、リリア」

「うん。おやすみ、ジル」

ぱたんと、ドアが閉じてから、リリアも自分の寝室に入る。

およそ三日ぶりとなる自分のベッド。

ジルの部屋にあるベッドとサイズは同じはずなのに、やけに広く感じる。

それに、妙にひんやりしていた。毛布を被ってみるも、一向に暖かくならない。

「…………」

しん、と静寂が舞い降りた寝室。

ここのところずっと、ジルと一緒だったからか、深い森の中で一人のような物寂しさを感じる。

胸の中で、冷たい風がひゅるひゅると音を立てていた。

「……寝よ」

風から逃れるように、明かりを落とすためにベッドから降りた時。

がちゃり……と、ドアが開いた。

見ると、入り口でジルが枕を持って立っている。

「ジル、どうしたの？」

そばに歩み寄って尋ねると、ジルはおずおずと口を開いて。

「あの、リリア……一緒に、寝てくれないかな？」

ぽつりと、言葉で空気を震わせた。

「一人は……なんか、やだ……」

◇◇◇

一緒に寝てほしい。そんなジルの要望にリリアは快諾した。

断る理由はなかった。ベッドの中。リリアとジルが二人、ぬくぬく毛布に包まっている。

そんな二人を、カーテンの隙間から差し込む月明かりがぼんやりと照らしていた。

「二人だと、あったかいねえ」

ほっこりした声でリリアが言うと、ジルが「うん……」と小さく頷く。

先ほど、胸の中に吹き荒れていた冷たい風はいつの間にか鳴りを潜めていた。

しばらく沈黙が横たわっていた。そのままゆっくりと、眠りに意識が沈み始めている中。

不意に、ジルの声が響いた。

「ねえ、リリア」

「なあに？」

「リリアはどうして……僕を買ったの？」

質問の意図を測りかねている間に、ジルが続ける。

「それにリリアは、僕を買ってくれただけじゃなくて、この家に置いてくれている……それも、働かせるとか、嫌なことをさせることもない」

純粋な疑問を浮かべた瞳をリリアに向けて、ジルは尋ねる。

「どうして、リリアは僕に、こんなによくしてくれるの？」

ああ、とリリアは理解する。

（ジル君は、不安なんだ……）

奴隷として、人権も自由もなく、ただ人に尽くすことを強いられてきた。

今まで、ひどい扱いをたくさんされてきたのだろう。

だからこそ、見返りのない善を理解できないのだ。

返答には、数瞬の時間を要した。あの時、奴隷として売り飛ばされそうになっていたジルを購入したのも、そのまま家に連れてきたのも、勢いの部分も大きかった。

理屈よりも先に、感情がそうさせていたという表現が正しい。

心なしかクリアになった思考で改めて自問してから、リリアは言葉を口にする。

「放っておけなかった、からかな」

不思議そうに、ジルがリリアを見上げる。

ジルの短くなった柔らかい髪に手を添えて、リリアは言う。

「ただ人に命令されるがままで、辛い思いをたくさんしてきて……行き場もない、頼れる人もいない……このままだと、もっと辛い目に遭ってしまう。それがわかってて、何もしないのは……とても、耐えられなかった」

本心だった。あの時リリアは、ジルに自分を重ねていた。

実家で家族に虐げられ続け、果てに死んでしまうという絶望を味わっているリリアだからこそ、同じような目に遭っているジルを放っておけなかった。

そんな意図を含んだリリアの言葉に、ジルはしばらく押し黙っていたが、やがて小さく呟く。

「……やっぱり、間違ってなかった」

「え？」

「ううん、なんでもない」

首を横に振る気配。暗闇のため、ジルの表情はよく見えない。

でもなんとなく、笑っているように感じた。

「リリアは、とても優しい人なんだね」

「そんなこと、ないわ……」

自分は優しい人間である、なんて自惚《うぬぼ》れるほどリリアの自己肯定感は高くない。しかし、自分のことをジルは多少なりとも肯定的に思ってくれていることを、素直に嬉しいと思った。

そして、ふと気づく。

「あっ……あともうひとつ、理由がある、かも」

「もうひとつ？」

言うのは少し気恥ずかしくて、リリアは毛布で口元を隠して言葉を口にする。

「私も一人が……嫌だったから」

先ほど、ジルがやってきて口にしたのと同じ理由を、リリアは言葉にした。

マニルを脱出して、パルケにやってきて、永住権と住居を得た。

時間もお金も潤沢にあって、これからは悠々自適に楽しく暮らせると思っていた。

しかし、待っていたのは孤独な日々であった。

思い出す。一人で高価なブレスレットとドレスを購入した時のことを。

一人で高級レストランで食事をしていた時のことを。

風邪をひいて、家の中で一人、苦しんでいた時のことを。

いくらお金があっても、使っても、胸の中の空虚は埋まらない。

むしろ目に映る光景が全部、灰色に見えた。ずっと心細かった。誰かにそばにいてほしかった。

だから……。

「だから、ジル君がうちに来てくれたのは……私にとっても、すごく嬉しいことだったんだよ」

ジルが来てから、リリアに笑顔が増えた。ご飯を食べる、散歩をする、家の中でのんびりする。そんな何気ない時間でさえ、ジルと一緒だったから彩のあるひとときになった。

感謝の気持ちを込めて、リリアはジルの頬を撫でる。

「だから、むしろ私の方こそ、ありがとう……だよ……ふあ……」

大きな欠伸が出てしまう。どうやら眠気が限界に来たようだった。

「ごめん、リリア。眠いのに、付き合わせちゃって」

「ううん、大丈……ぶ……」

言葉を口にするも、抗えない眠気が到来して視界がぼやけてくる。

今日は自分の方が先に眠りに落ちてしまうようだった。

「おやすみ、リリア」

ふわふわとした意識の中で、ジルの優しげな声が聞こえる。

最後に残った力を振り絞り、リリアはこくりと一度だけ頷いた。その刹那。

「僕も、リリアと出会えて……うぅん……」

――――。

「また会えて、よかった」

そんな言葉が聞こえた気がして、（……また？）と思ったものの、意味を考える力は残されていない。すんなりと、リリアの意識は闇に落ちていった。

◇◇◇

ジルは思い出していた。初めて、リリアという少女に出会った時のことを。

確か、月明かりも心細い深い夜のことだった。

壁が崩れかかった古びた建物に、あちこちに落書きされた壁。

地面に散らばるごみや破片、時折どこからか歪んだ笑い声や怒鳴り声が聞こえてくる。

華やかなパルケの街並みから隔絶されたように存在する貧民街。

お金も頼れる人も、生きる希望さえ失った者はだいたいこの場所に流れ着く。

ジルも例に漏れずこの街の片隅で、壁を背に座り込んでいた。

「はあ……はあ……」

心臓が痛い。息が苦しい。身体に力が入らない。

頭がズキズキと痛み、自分がなぜここにいるのかも思い出せない。

思い出したくもなかった。

最後に覚えているのは、ベッドに押し倒し事に及ぼうとしてきた買い主の、血走った両眼。

涎を垂らしながら顔を近づけてくる買い主の腕を噛んで、頭を殴られながらも命からがら屋敷を逃げ出してきた。そこからどうやってここまで来たのかは、わからない。

少なくともわかっていることは、このまま何もしなければ餓え死にしてしまうということだ。

でも、今はもう何も考えたくない。目を閉じたらそのまま死ねないのかな、とすら思っていた。

この先、生きていてもいいことなんてひとつもないだろうから。

「何抵抗してんだよてめえ！」

「おらっ！　大人しく殴られろや！」

突如響き渡ってきた怒声に肩が震える。恐る恐る顔を上げる。

向こうの方で、二人の若者が物乞いと思しき男を袋叩きにしているのが見えた。

一方的な暴力に晒される男を、ジルはぼんやりと眺める。

理不尽な暴力なんて、この街では日常茶飯事だ。

もはや胸が痛むこともない。せめてあの男が死なないようにと願った、その時。

「衛兵さんー！　こっちです！　早く来てくださいー！」

この街には似合わない、女性の声が辺りに響く。

「げっ!?　衛兵!?」

「マジかよ！　くそっ、ずらかるぞ……!!」

若い男二人が立ち去った後に、一人の少女がひょっこりと現れた。美しい赤い髪を腰まで伸ばした少女。小ぎれいな格好をした可憐な少女は、やはりこの街を背景にすると浮いて見えた。

少女が男に駆け寄る。それから少女が男に何をしていたのかは、遠目で見えなかった。

しかし男は何度も何度も少女に頭を下げ、感謝をしているようだった。

少女が男に何か親切をしている、ということはわかる。

その様子を、ジルはなんとなく眺めていた。掃き溜めのような街の中で咲いた、一輪の親切な花から目が離せなかった。ふと、ジルは思った。

(僕も、あんな人と出会っていたら……)

少しはマシな日々を送れたのだろうか。

「……なんて」

自虐めいた笑みを浮かべた、その時。

そばに誰かが立った気配。

「おら!!」

野太い掛け声と共に、ものすごい力で身体を拘束された。

「むぐっ！　むぐー……!!」

助けを呼ぼうとするも、口の周りに布を巻きつけられて言葉が出ない。

「こいつ、なかなかいい顔してるな！　高く売れるぜ！」

下卑た声が鼓膜を震わせる。脳裏に浮かぶ、人攫いの文字。

このような貧民街で身寄りのなさそうな子供を攫って、奴隷として売り捌く。

これも、この街では何も珍しくない出来事。

自分がその標的になったのは、運がなかったとしか言いようがなかった。

「おらっ！　さっさと歩け！」

あっという間に拘束されてしまった。

(たす……け……)

赤髪の少女に、ジルは必死で手を伸ばす。

しかし、少女はこちらに気づく様子はない。

「ぐずぐずするな！　このノロマが！」

手も縛られてしまい、ジルは奴隷商に連れていかれるのだった。

——という経緯があったからこそ。

「待てやてめぇ!!　逃げるんじゃねぇ!!」

パルケの繁華街に怒号が響き渡る。オークションにかけられる当日。

隙を見て逃げ出して、街中を駆けていた時。

小柄な体軀、美しい赤い髪。

見覚えのある後ろ姿が目に入った瞬間、奇跡が起きたと思った。

「えっ、えっ……!?」

困惑する彼女の声を聞いて確信する。ああ、あの人だ。

間違いなく、あの日貧民街で見た、親切な人だとジルは思った。

（この人なら、僕を……）

根拠なんてなかった。直感めいた一縷の希望に賭けて、ジルは少女——リリアの後ろに、無我夢中で隠れたのだった。

時は戻って現在。リリアの家に来て三日目の夜。寝室のベッドの上。

今にも寝落ちそうなリリアに、ジルは口を開く。

「おやすみ、リリア」

そして、あの時の直感は間違ってなかったと、確信を含んだ言葉をジルは贈る。

「僕も、リリアと出会えて、ううん……また会えて、よかった」

規則正しい寝息を立て始めたリリアの隣に潜《もぐ》り込んで、ジルも目を閉じる。

「……今度こそおやすみ、リリア」

◇エピローグ

「あー！　もう！　やってらんない！」

ハルーア王国の首都マニルの場末にあるとある大衆酒場に、女の声が響き渡る。

「どいつもこいつも使えないわ！　本当に本当にムカつく！」

女――リンドベル伯爵家の家政婦長セシルは忌々《いまいま》しげに言って、樽ジョッキを一気にあおった。喉仏がゴキュゴキュと音を立てる。

「おいおい、その辺にしておけよ。美人が台無しだぜ？」

対面に座る、セシルの数少ない友人の男――ダインが引きつった笑みを浮かべて言う。

「はんっ、思ってもないこと言ってんじゃないわよ」

「二十年前は思ってたかもな」

「なんか言ったかい？」

「いんや、何も」

ダインはおどけたように肩をすくめた。

「つーかお前、そんな酒好きじゃなかったろ。なんだって急に……」

「酒でも飲まないとやってらんないのよ！　主と部下の板挟みで、息が詰まる毎日だわ！」

「何があったんだよ、本当に」

男の言葉に、セシルはぴたりと動きを止める。

それからジョッキを持つ手に力が入り、プルプルと震え始めた。

――セシルが飲んだくれている理由は単純明快、リリアの失踪だ。

リリアがいなくなって一週間。失踪後、リリアの義母ナタリーがすぐさまリリアの捜索命令を出し、使用人総出で探しているものの、未だに足取りさえ摑めていない。

ナタリーの娘であるマリンには「まだ見つからないの!?」と罵倒される。

リリアの捜索という面倒な他業務を押しつけられ、部下の使用人たちからも不満が絶えない。

そんな日々を送るセシルは、もはや飲まないとやってられない精神状態になっていた。

飲んだくれるセシルに、ダインは困ったように言う。

「少しでも話してくれりゃ、俺も励ましようがあるんだが……」

ダインの言葉に、セシルは口を噤んだ。リリアの失踪のことは口外厳禁。

伯爵家の娘が失踪、それも平民との不貞の子となると外聞が非常に悪いという理由だった。

そのため、セシルは旧友のダインにもこのことを話していなかった。

しかしアルコールの酔いと、憔悴し切ったセシルの心が弱音という形でリリアのことを漏らしてしまう。

「……人を、探しているのよ」

ぽつりと、セシルは漏らした。

「私の勤める、リンドベル伯爵家の長女リリアが、一週間前に失踪したの。絶対に見つけなくちゃならないのに、どこを探しても見つからないのよ」

「へえ、一週間前……」

ピクリと、ダインが眉を動かして言う。

「そのお嬢ちゃん、どんな奴なんだ？」

「……小柄で、痩せ細ってて、赤い髪をしているわ……確か失踪した日は、ボロい服を着ていた」

「小柄……赤い髪……」

ダインの顔に、「もしや」といった表情が浮かぶ。

「なあセシル。お前、ロトゥ百の当選者が出たって話、知ってるか？」

「百億の？　あれ当たるもんなの？」

「ああ、当たったさ。目の前でな」

「そういえばアンタ、宝くじの店員やってるって言ってたわね。あー、やだやだ！　こんな時に他人の幸せの話なんてしないでおくれよ。気分悪くなる」

「まあそう言うなって。本題はここからだ」

どこか興奮した様子で、ダインはセシルに顔を近づけて尋ねる。

「ロトゥ百を当てた超幸運な奴は、どんな奴だったと思う？」

「そんなの知るかいね」

「ボロボロの身なりに赤い髪をした、痩せ細った女だった」

「なんだって!?」

バン!!

机を叩き、セシルは立ち上がって叫んだ。

「なんでそれを早く言わなかったんだい！」

「お前が話してくれなかったからだろうがよ!!　それに……!!」

周りを見回した後、男はセシルに耳打ちする。

「ロトゥ百の顧客情報は口外厳禁だ。長年の付き合いのお前だから話したが、漏らしたってバレたら職を失う。最悪、牢屋にぶち込まれる可能性もあるんだぞ」

男の言葉に、セシルは苛立ちをぶつける先を失ってしまう。

ぐぬぬと眉を顰《ひそ》めていたが、大きく深呼吸して落ち着かせる。

「……感謝するよ、ダイン」

探して、探して、ようやくたどり着いた手がかりの光。

ニヤリと口を歪ませてから、セシルはダインに言った。

「それで、詳しく話してくれる？」

書き下ろし番外編

凱旋門観光

ある日の昼下がり。

リリアはジルを連れてパルケの中心の、とある観光名所に来ていた。

「ここがイルミナス凱旋門!!」

目の前にそびえ立つ巨大な建造物にリリアは目を輝かせた。

建物の十階分はあろうかと思う高さに、一周するのに随分と時間を要しそうな横幅。

白い大理石で覆われた外壁は、時間の経過によって風化し独特の美しさを醸し出している。

上部には歴史の偉人たちを模した緻密な彫刻が施され、そのひとつひとつが貴重な絵画のような荘厳さを放っていた。

およそ三百年前、当時のフラニア共和国が他国との戦争で勝利した際、その力の象徴として建造されたイルミナス凱旋門――以前、ホテルスタッフのエルシーが教えてくれた観光名所のひとつである。

「すごい、大きい……」

隣のジルは凱旋門を見上げてぽかんと呆けた表情をしている。

凱旋門が放つ圧倒的な存在感に目を奪われているようだった。

「ここから中に入れるみたいね」

現在は観光地となった凱旋門はどうやら一般開放されているらしく、『入場者入り口』の看板が掲げられていた。

今日は平日のためか、観光に訪れる人の数はまばらであった。

「リリア、早く行こ！」

ジルは待ち切れないといったように、無邪気な笑顔でリリアの手を引っ張る。

「わわ、ジル、走ったら危ないよ」

バランスを崩しそうになりながらリリアはジルについていった。

お出かけに心を躍らせる年相応なジルの姿に、リリアの心がほっこり和む。

入り口を通り抜け中に入るとすぐにチケットカウンターが見えた。

リリアは二人分のチケットを購入し、順路を進む。

最初に目の前に現れたのは、途方もない長さの螺旋《らせん》階段だった。

「これ、全部上るの……？」

階段を目にした瞬間、リリアは血の気が引くのを感じた。

高くそびえ立ち、終わりが見えないほどの螺旋階段。

運動不足のリリアには試練とも言える段数だった。

まだ一歩も上ってないのに太腿が冷たくなってしまう。

そんなリリアの内心などお構いなしに、ジルはすでに階段に足をかけていた。

「リリア、こっちこっち！」

「ちょ、ちょっと待ってジルッ……!!」

まだ心構えができていない中、ジルの後を追うようにして階段を上り始めたリリア。

階段は一段一段に高さがある上に、天まで続いているかのような長さがある。

案の定、まだ序盤のうちに息が切れ始めた。

「ぜー……はー……」

呼吸が乱れ汗が額に浮かぶ。

心臓が握られているように痛く、足には鉛のような重さが纏わりついていた。

「ちょ、ちょっと待って……」

息を整えようと立ち止まるリリア。一方のジルはまるで妖精のような軽やかさで階段を駆け上がり、楽しげな笑い声が彼女の耳に届いた。

「わ、若さって偉大ね……」

リリアも十代のはずだが、長い間の引き籠り生活で体力が枯渇し切っている。

こんなことになるなら少しでも運動をしておけば良かったと後悔した。

「よしっ……」

このまま置いていかれないように、震える脚に鞭打ってリリアは歩みを再開した。

◇◇◇

「……し、死ぬ」

階段を上り切るなりリリアは床に手足をついた。

顔中からぼたぼたと汗が滴り落ち、かひゅーかひゅーと乾いた息が漏れる。

「リリア、体力ないね」

ジルは涼しい顔をしていた。屍のようになっているリリアのそばに膝を折って、どこか呆れたようなコメントを口にしている。

「ジルって……すごく、身体が強いんだね」

「体力がないと生き残れなかったからねー」

何気なく呟かれたジルの言葉にリリアはハッとした。

元々ずっと奴隷生活を送り、過酷な環境下に置かれていたジル。

そんな中で生き残るには、相当な体力が必要だったのだとリリアはわかった。

ちくりと、リリアの胸に針で刺されたかのような痛みが生じる。

「リリア、どうしたの？」

表情に影が差したリリアに、ジルが不思議そうに尋ねる。

「ううん、なんでもない」

立ち上がり、リリアはジルの頭をそっと撫でる。

その手をジルは甘んじて受け入れ、心地よさそうに目を細めた。

「なんにせよ……これは運動しないといけないわね……」

以前どこかのチラシで見たが、運動全般を個人的に見てくれるパーソナルジムというものがあるらしい。そのサービスを受けるには一般庶民からするとなかなかの額を支払わなければならないが、富豪のリリアには痛くも痒くもない。

真面目に入会を検討しているリリアの傍ら、ジルが「見て見て！」とリリアの手を引っ張る。

「わわっ、すごい……」

体力が限界すぎてよく見えていなかったが、どうやらここは凱旋門の展示室のようだった。

先を歩くジルについていきながら、リリアは展示室のパネルを順に読んでいく。

建設中に当時の国王の気分によって何度も設計変更が行われたことや、地域住民の反対を乗り越えて完成に至った経緯。

さらには完成記念式典で予想外の豪雨に見舞われ、国王がずぶ濡れになりながらスピーチを読み上げた逸話などなど。

凱旋門の建設にまつわる興味深いエピソードに心を惹かれていった。

対するジルは最初こそ展示物に興味を示し、リリアの隣で説明を読んでいたが、次第に退屈そうな顔つきになっていった。

彼は展示室の中をぶらぶらと歩き回り、時折立ち止まっては何かを見つめるが、すぐにまた別の場所へと移動してしまう。

（ふふっ、そうよね。まだ楽しめる歳じゃないよね）

ジルが見せる年相応の反応に、リリアはくすりと笑みを漏らした。

しばらくするとジルが何か宝物を見つけたようにリリアを手招きした。

「ここから展望台に行けるみたいだよ！」

「展望台？」

ジルの下にたどり着くと、そこに再び階段が姿を現した。

「また上るのっ⁉」

愕然としたリリアの声が展示室に響いた。展示室から展望台へ続く階段は、先ほどの螺旋階段ほどではないが、それでもかなりの段数がありそうだった。

「はあ、ひい……」

太腿に蓄積された疲労を感じながら、リリアは重い足取りで一歩一歩階段を上る。

ジルは相変わらずひょいひょいっと軽い身のこなしで先に進んでいく。

「やっと着いた……」

リリアは息を切らしながら展望台にたどり着いた。ただでさえ棒のようになっていた足を酷使したため、生まれたての子鹿のようにぷるぷるしている。

荒い息をつきながら、よろよろしているリリアの鼓膜をジルの興奮した声が叩いた。

「すごい！　すごいよリリア！」

リリアが顔を上げると。

「わあ……」

目の前に広がる光景に思わず声が漏れた。

展望台から見下ろすパルケの街並みは壮観だった。

赤や茶色の屋根瓦が連なる町並み、狭い路地と広々とした広場が美しい対比を成している。

石畳の道路には人々が行き交い、馬車がゆっくりと進んでいた。

太陽の出ている方角には大聖堂の尖塔が空に向かってそびえ立ち、その周りを囲むように市庁舎や古い城壁が見える。

パルケの中ではトップクラスの高さを誇るイルミナス凱旋門からは、大きな川を隔てた遠くの山々までも見渡すことができる。

どこまでも広がる大都市の景色は、まさに圧巻の一言。

見つめていると、この街の歴史と息づかいが伝わってくるような気がした。

「こんなに素敵な場所だったんだ……」

やっとのことで、リリアは感想を口にする。

隣国の王都に住んでいたとはいえ、ずっと軟禁に近い生活を送っていたリリアからすると、今まで見たことのない美しい光景だった。

「なんだか、作り物みたいだね」

横に立つジルはそんな感想を口にしていた。

しばらくの間、二人はその壮大な景色に見入っていた。

「ついてきてくれてありがとうね、ジル」

不意にぽつりと言うリリアに、ジルが不思議そうに首を傾げる。

「私一人じゃ、多分来なかったから……だから、一緒に来てくれて嬉しい」

イルミナス凱旋門は家からそう遠くないため、散歩の途中でよく目にしていた。

しかし、ジルと出会う前に訪れることはなかった。

なんとなく、一人だと足が向かない気持ちがあったのだ。

「ううん、僕の方こそ。連れてきてくれてありがとう。すごく楽しいよ！」

ジルが満面の笑顔で言う。

「ふふっ、それはよかった」

顔を綻ばせて、リリアは微笑んだ。

「これからも、一緒にいろんなところに行こうね」

リリアが言うと、ジルは勢いよく頷き「うん！」と答えた。

パルケに来てまだ一箇月ほど。まだまだ知らないところはたくさんある。

一人だと退屈な場所も、誰かとならきっと楽しい。

そんな確信を抱くリリアであった。

あとがき

『宝くじのあたり番号を覚えたまま過去にタイムスリップしたら……!!』

みたいな妄想を抱いたことはありますか？

私はあります。多分、十回以上は。

それはテレビでロトの当たり番号が発表される瞬間だったり、上京したての金欠生活で『オカネ……オカネ……』とゾンビのように這い回る瞬間だったりシチュエーションはさまざまですが、古今東西老若男女問わず大好きな妄想だと思います（私調べ）。

お金があればあれもこれも買える、推しにたくさん貢げる、札束風呂で美女を囲いバブルな週刊誌の表紙を飾れる、などなど、お金があれば満たせる欲望は枚挙にいとまがありません。

それほどまでに現代社会、いえ大昔から人間社会においてお金とは個々の人生にとって重要な存在です。

そんな中、一般的なサラリーマンの生涯年収の何倍ものお金を豪運と紙切れ一枚で獲得できる宝くじは、アラブの石油王でない限り誰もが夢を見るアイテムでしょう。

私も当たって欲しいです、五千兆円くらい。

前段が長くなりましたが、初めましての方は初めまして！

他の作品でお会いした方はお久しぶりです、青季ふゆです！

『大当たり令嬢は二度目の人生を謳歌する』の第1巻をお手に取っていただきありがとうございます。

本作は虐げられ極貧生活を強いられていた少女が、死に戻りを活かして宝くじをブチ当て隣国で悠々自適に暮らす物語です。

これまでヒーローにドロッドロに溺愛される恋愛小説ばかり書いていた青季ふゆとしては珍しくスローライフ風味の作品となっております。

二年ほど前、「新しい異世界モノのネタないかな～」と池袋をうろちょろしていた際、ふと目に入った宝くじ売り場を見て「これだ!!」と閃いたのが本作誕生のきっかけとなります。

死に戻りを使えば宝くじで大当たりしてやりたい放題な異世界ライフを満喫できるじゃないかうへへへと強欲に塗れたマネー・イズ・正義小説として『大当たり令嬢』を執筆し始めたのですが、書いていくうちに様相が少しずつ変わっていきました。

最初はただ、本作の主人公リリアが金の力を使って好き放題ひゃっほー札束プールだーい！をする小説を書こうと考えていたのですが、話を進めるうちに『お金とはなんなのか？』『お金は本当に大事なのか？』みたいな自問自答が湧いてきました。

本作の主人公リリアは最初こそ、それまでの極貧生活で満たせなかった欲を満たしまくります。高いドレスやアクセサリーを購入し、高級レストランのフルコースをぼっちで洒落込み、大きな家を買って……文字通りぱーっと散財をします。

最初こそ楽しんでいたものの、次第にリリアはそれらの行いに虚しさを覚えていきます。

結果的にリリアがお金を使う中で充実感を覚えたのは、失業し行き詰まっていた男にお金を恵んだ時、そしてジルに重課金をしている時でした。

リリアにとって大事だったのはお金そのものではなく、『誰かにお金を使うこと＝自分が誰かの役に立つこと』だったのです。

そんなリリアの感情の変化を見ると、お金は『自分の欲望を満たす手段』であると同時に、『自分の欲望を〝知る〟手段』でもあるのかなと、本作を執筆する中で私が得た気づきでした。

お金は大事です。とてもとても大事です。

しかし一方で、大事なのはお金そのものではなく、『自分はお金を使って何をしたいのか』という手段の部分ではないかと私は思います。

それは美味しいグルメを追求することかもしれませんし、特定の推しに貢ぐことかもしれませんし、慈善事業に寄付をすることかもしれません。

何にお金を使うかはそれぞれの価値観によって違いますし、そこに貴賤はありません。

なんにせよお金がないと、虐げられ何年もの間極貧生活を強いられていたリリアのように、自分は何が好きなのかという欲望を知る機会に恵まれる数が少なくなってしまいます。

限られた人生の中でたくさんの楽しさ、嬉しさ見つけていくためにも、お金はあるに越したことはないですね。

つまり何が言いたいのかと言うと宝くじに当たって五千兆円欲しい！！！！！

青季ふゆの強欲が爆発して地球が消し飛んでしまう前に謝辞を。

担当Mさん、此度は大当たり令嬢を刊行するご縁を頂きありがとうございました。

Mさんとは二作品目ですが、相も変わらずサクサクとスムーズに進みとても助かりました。

イラストレーターの陽炎氷柱さん。本作のキャラクターたちに命を吹き込んでいただきありがとうございました。

無類のショタ好きということでジルの気合の入ったキャラデザが届いた時には「陽炎さんに依頼してよかった‼」と心からガッツポーズをかましました。

また本作を執筆するにあたって惜しみないアドバイスをくださった奈良県のKNさんを始めとする友人たち。

遠い田舎で見守ってくれている両親、web版で惜しみない応援をくださった読者の皆さま、本書の出版にあたって関わってくださった全ての皆さまに感謝を。

本当にありがとうございました！

それではまた、2巻で皆さまとお会いできることを祈って。

この本を読んでのご意見・ご感想・ファンレターをお待ちしております。
〈宛先〉　〒104-8357　東京都中央区京橋3-5-7
（株）主婦と生活社　PASH!ブックス編集部
「青季ふゆ先生」係
※本書は「小説家になろう」(https://syosetu.com) に掲載されていたものを、改稿のうえ書籍化したものです。
※この作品はフィクションであり、実在の人物・団体・法律・事件などとは一切関係ありません。

PASH!ブックス

大当たり令嬢は二度目の人生を謳歌する
～死にたくないので百億マニーを手に隣国へ逃亡します～
2024年10月14日　1刷発行

著　者	青季ふゆ
イラスト	陽炎氷柱
編集人	山口純平
発行人	殿塚郁夫
発行所	株式会社主婦と生活社 〒104-8357　東京都中央区京橋3-5-7 03-3563-5315（編集） 03-3563-5121（販売） 03-3563-5125（生産） ホームページ　https://www.shufu.co.jp
製版所	株式会社二葉企画
印刷所	大日本印刷株式会社
製本所	株式会社若林製本工場
デザイン	井上南子
編集	松居 雅

©Fuyu Aoki　Printed in JAPAN　ISBN978-4-391-16330-8